轉學後班上的清純可愛美少女，竟是小時候玩在一起的哥兒們 2

Hibariyu
雲雀湯
illustration
シソ

U0074974

Kadokawa Fantastic Novels

序章

那天也是個炎熱的日子。

山間鄉村的清幽時光，彷彿與世隔絕。

仲夏時節的豔陽燦爛耀眼，潔白的積雨雲自山巒間悄悄探頭。

在月野瀨村外的某座山邊小廟前，有三個孩子心無旁騖地盯著某個東西看，他們的上衣都因為汗濕而緊貼肌膚。

『我會從小廟右邊趕過去，春希先去那邊躲著等我。』

『ＯＫ～～要好好引到我這裡喔。』

『那還用說！不准失手喔！』

『隼人才是呢！』

兩人「嘿嘿」地向彼此輕笑幾聲後，便將視線往前挪。

在小廟前方的是一頭小羊，體型大概有中型犬那麼大，此刻正悠悠哉哉地享受日光浴。

這是今天早上從源爺爺家跑出來的羊，而他們三人是小小羊兒搜索隊。

『小春、哥，那我呢……？』

不同於幹勁十足的隼人和春希，姬子無所適從地東張西望。

『嗯～～小姬就在那邊擋著好了？』

『也好，姬子站在這邊的話，羊也會跑去春希那裡吧。』

『嗯、嗯，我知道了！』

捕獲小羊大作戰於焉展開。

『牠跑過去了，春希～～！』

小羊被忽然現身的隼人和他的嗓門嚇了一跳，頓時僵在原地，隨後便如隼人所料，沿著小廟跑向春希躲藏之處。兩人不禁竊笑著心想：計畫成功！

『好，來吧！』

但小羊又被忽然衝出來的春希嚇得半死，硬是轉了個髮夾彎掉頭就跑。

下一秒讓在場所有人都屏住呼吸。

『姬子！』『小姬！』

『呀啊！』

『嗯咩～～！』

姬子就在小羊正前方，小羊似乎也沒打算停下來。

姬子根本沒想到小羊會朝自己衝來，頓時愣在原地，渾身僵硬地緊閉雙眼。

『～～～～！』

『小姬！……好痛～～！』

『春希！』

現場傳來「咚砰」的撞擊聲。姬子戰戰兢兢地睜開眼，看到被撞飛到前方後摔坐在地的春希後背，以及跌倒的小羊。

隼人連忙衝上前去。

『我、我沒事！小姬也很安全！小羊就拜託你了！』

『唔！知道了！』

隼人雖然遲疑了一會兒，看到春希的眼神後便點點頭，撲向小羊抓住牠。

『姬子，快去通知源爺爺！』

『嗯、嗯！』

『隼人，你抱羊的方法錯了吧？要像剪羊毛的時候那樣，你看。』

『哇，對喔。』

被春希糾正後，隼人便讓小羊的屁股著地，從後方抱住小羊。這個姿勢在剪羊毛的時候看過好幾次了，小羊也漸漸平靜下來不再掙扎，讓隼人鬆了一口氣。

『嘿嘿，幹得好，春希！幸好姬子也沒受傷，不然老媽又要罵我：怎麼可以讓女孩子受傷！』

『唔，我受傷就無所謂嗎？』

聽到隼人哈哈大笑地這麼說，春希生氣地嘟起嘴巴。

『啊？你又沒差。你說你沒事，我就相信你啦，「搭檔」！』

然而隼人的下一句話讓春希瞪大雙眼。

搭檔。

在口中反覆唸著這個詞，又看到隼人天真無邪的笑容，春希也跟著笑逐顏開。

『搭檔啊～～那就不跟你計較了，嘿嘿！』

『喔！總之多虧有你，我們才能成功抓住小羊！』

『啊哈，是嗎～～！』

『哈哈哈！』

兩人的笑聲漸漸飄向藍天。

他們倆總是一個樣。

衣服沾滿泥濘，顯露在外的手腳一堆擦傷，還有絲毫不輸盛夏豔陽的開朗笑容。

微不足道的平凡日常。

共同積累的無數回憶。

在這些日常回憶當中，這是最深刻耀眼的記憶之一。

當時他們仍一無所知，就只是陪在對方身邊。

這便是早已逝去的過往某個夏日的故事。

第1話 在新環境中確實發生的變化

「…………」

隼人帶著一絲倦怠感睜開眼睛。即使隔著窗簾，也能隱約感受到窗外灑落的陽光有多熾熱。

感覺好像有作夢，卻記不清了。夢境這種東西就是如此。

「唉，起床吧……」

他用力搔搔頭髮坐起身，彷彿要揮去渾身的憂鬱。

今天應該也會很熱吧。

早早做好上學的準備後，霧島兄妹出發前往學校。今天姬子很快就起床了。

「哥，那我往這邊走嘍。」

「好。」

相互知會後，他們便在十字路口分開。在炎熱的打擊下，雙方的嗓音都變得無精打采。

隼人鬱鬱寡歡地嘆了口氣，抬頭仰望天空。夏日的豔陽今天也是一大早就很拚命，過度彰顯自己的存在感。

「熱死了……」

都市的夏天實在很難熬。

不同於月野瀨鄉村，都市的地面放眼望去全部鋪滿柏油。不斷送出空調熱風的室外機，取代了吹拂枝葉的微風。順帶一提，都市的信號燈從來不會閃黃燈。

每踏出一步，汗水就會沁出體表，導致制服緊貼肌膚，難受指數往上攀升，讓他變得更憂鬱了。

接下來還有更讓隼人鬱悶難解的事。

「嗨，霧島。」

「早啊，森。」

「喲，轉學生。」

「早安，霧島同學。」

「哦，是霧島啊，早啊～」

「……早。」

一走進教室，迎面而來的便是以森為首的眾多同學送來關懷的視線與寒暄。

上星期春希給他看了那張惡作劇照片，害他急得一把搶過手機。自那天起，大家似乎都以為隼人火速對「二階堂春希」的兒時玩伴一見鍾情了。

由於隼人的反應太過激烈，每個人都對他的戀愛發展充滿好奇，紛紛帶著溫暖的笑容默默守護。

（對方可是姬子（我妹）啊……）

順帶一提，那位萬惡的根源春希事後聲音顫抖地說：「謠、謠言止於智者嘛。」視線飄忽地找藉口開脫。

「……早，二階堂。」

「早、早安，霧島同學。」

或許是因為這樣，他向春希問候的語氣才會這麼冷漠吧。語畢，隼人就立刻別開視線，春希臉上則浮現出略顯抱歉的苦笑。

但這種態度再度加深了周遭的誤解，隼人和春希卻絲毫沒有察覺。

「妳現在有空嗎，二階堂同學？」

「我們有點事想問妳。」

「可以啊，怎麼——咪呀！」

看到隼人這種貌似在掩飾害羞的行為，有個集團立刻出動。這群心癢難耐的女孩馬上圍在春希身邊，興奮地低聲躁動起來，時不時還會偷瞄隼人。

看樣子是個愛管閒事的女子集團。

隼人也能看出春希正在拚命抵抗，卻依然不敵這群眼神燦亮無比興奮的女孩。

不久後，春希才滿臉歉疚地拿起手機，重新面向隼人。

「那個，霧島同學。」

「……幹嘛？」

「呃，是關於『她』的事情啦，那個，你能不能看一眼？」

「那就免了吧。」

「哎呀，別這麼說啦……看一眼嘛。」

「……」

不知道那群女孩對春希說了什麼。說穿了，「二階堂春希」的兒時玩伴就是姬子，也是隼人的親妹妹。真要說的話，就算春希秀給他看，他也不知該做何反應。

但看到春希愧疚又苦惱的表情，隼人多少也發現她「披上了羊皮」，因此也沒辦法置之不理。

他深深地嘆了一口氣，才滿臉無奈地看了手機螢幕一眼，發現上頭並非姬子的照片，而是一行字。

『真的很抱歉，今天我會跟她們一起吃午餐，也會好好替你澄清誤會！』

隼人看向春希，只見她面帶苦笑眨起一邊眼睛，彷彿在說「包在我身上」。

看來她應該充分體會到責任的重量了。

春希本來就討厭麻煩事，才總是獨自度過午休時間。隼人也感受到她不惜打破這個規則也想解決事態的決心了。而且上星期吃晚餐的時候，春希也向他賠罪了好幾次，說自己只是想捉弄一下，殊不知玩得太過火了。

（……真是的。）

隼人這麼想，表情才逐漸緩和，無可奈何地勾起嘴角。

「知道了。」

「唔！好！」

春希似乎也讀懂了隼人的心思，雙方一臉安心地看著彼此。

他們身後卻爆出「「「呀啊～～！」」」的尖叫聲，與兩人的內心完全相反。

「咪呀！」

那群女孩忽然抓住春希的手，硬是將她拉到別處，還營造出不可違逆的強大氣場。

「二階堂同學，我們聊聊吧？」

「不會占用妳太多時間，一下下就好！」

「這麼精采的——不對，我是說有沒有我能效勞的地方呢？」

隼人滿臉驚訝地看著眼前這一幕，卻也發現了一件事。跟他剛轉學時相比，她們跟春希相處的態度變得更自在了。

立如芍藥，坐若牡丹，行猶百合——如實體現出這番形象，更因文武雙全而備受教師讚譽的春希，儘管深受歡迎，卻也有種高嶺之花的冷豔感，讓大家為之卻步。春希本人也會刻意築起高牆，可說是理所當然的結果。

如此孤高的春希給人的感覺卻稍稍改變了。眼前的狀況就是最好的證明。

（那樣感覺也滿辛苦的。沒辦法，吃晚餐的時候她可能又要抱怨了。）

其實隼人心裡有股說不出的煩躁感，然而春希來到隼人家後，還是會變回毫無防備的癱軟狀態，用以往的態度和他相處。

那是不會在外人面前展現的模樣。一思及此，他不禁失笑。
「霧島，你剛剛是看到那個小正妹很不得了的照片嗎？」
「森？呃，我哪有——」
但周遭看到隼人的表情變化會怎麼想，又是另外一回事了。
敏銳的森立刻就發現隼人的笑意，用力扣緊他的肩膀。接著一大群男生也將他團團包圍，沒打算讓他開溜。他們臉上不懷好意的笑容，絲毫不亞於春希周圍那些女孩。
「哎呀，不覺得我們的交流還不夠深嗎？」
「嗯嗯，二階堂同學的兒時玩伴的確很可愛嘛。」
「欸，具體來說，你是看上她哪一點？」
「咦？不、等等，我……！」
不理會神情困惑的隼人和春希，周圍的人自顧自地high起來了。
跟剛轉學過來時相比，春希確實不一樣了。
而隼人身處的環境也出現了不少變化。
午休時間。從無聊的課堂解脫後，學生們終於得以奔向自由。

彷彿要讚頌這種自由，教室各處傳來各式各樣的聲音。

「來來來，二階堂同學，過來！」

「妳是自己帶便當？還是去學生餐廳解決？不管要吃什麼，我們都會把妳帶走啦！」

「我從以前就對二階堂同學很感興趣了。」

「呃，那個，我的書包……咪呀！」

這群眼裡帶著閃亮少女光芒的女生集團宛如長了翅膀的猛虎，把春希咬回她們的巢穴（聚餐處）。

隼人在心中默默為春希合掌祈福，隨後馬上逃往祕密基地。

所幸正值發育期的男孩們食慾還是勝過對隼人的好奇，讓隼人得以輕鬆逃離魔掌。森甚至在宣告下課的鈴聲一響就等不及老師的指示，直接奔向餐廳了。

舊校舍中有個約莫三坪大小的狹長型空教室，如今變成了資料室。這裡就是隼人與春希的祕密基地兼避難所。

隼人獨自望向四周。

「……什麼都沒有嘛。」

拜春希勤奮整理所賜，環境尚算整潔，但這裡就只有立在入口處的一支掃帚，還有兩個單調的枕心。

或許是因為如此，明明時值盛夏，隼人竟感受到一股寒涼。

「改天用枕套裝飾一下吧……」

刻意將內心所想化為言語後，隼人打開便當。因為沒人陪他聊天，吃飯變成一項機械式的工作，所以他比平常還要早吃完。看了看時間，發現來到這裡還不到五分鐘，午休時間還長得很。

以往光是在這裡和春希聊些有的沒的，就覺得時光飛逝，怎麼現在卻感覺時間走得這麼慢？隼人莫名閒得發慌。

他又環視了祕密基地一圈，卻覺得比剛才更空曠了。

（春希那傢伙，過去都孤零零地待在這間教室嗎……）

不僅「戴著乖寶寶面具」，還自己一個人住在獨棟民宅，令人在意的異狀多不勝數。可是一旦開始思考，就有種要深陷泥沼的錯覺，於是隼人用力搔搔頭站了起來。

他邁開腳步，朝某個地方走去。

炎炎夏日的午休時間，他來到校舍後方，角落有個堆起田埂的花圃。

那裡有個身材嬌小的女學生，她有一頭充滿特色的捲翹頭髮。

「嗨，三岳同學。」

「啊，霧島同學！」

在如此酷暑之中，三岳未萌正在努力照顧花圃的植栽，絲毫不以為苦。但她似乎面有難色。

隼人不解地往花圃一看，發現蔬菜都呈現無精打采的頹軟模樣。留意到隼人的視線後，三岳未萌才帶著困惑的表情吞吞吐吐地說：

「那個，我每天都會澆水確保土壤濕潤，也會適當地修剪枝葉，但它們最近都沒什麼精神……」

「啊～其實不需要天天澆水。隔幾天再大量灌溉，讓水分滲透至地面下比較好……若每天少量澆灌，濕潤處很快就會蒸發，反而會變成水分不足。」

「咦？……咦咦咦！」

「但現在看起來不像缺水。它們最近開了很多花也結了很多果實……那就是體力消耗過度了。我問妳，這是什麼意思？」

「體、體力？啊唔唔、呃，那個……」

聽到隼人這個帶有猜謎性質的提問，三岳未萌手指抵住下巴低吟了幾聲，疑惑地歪過頭。隼人則瞇起雙眼，用有些懷念的表情看著她。

（真的很像耶。）

看到蔬菜的花跟果實，還有那頭捲翹毛髮晃來晃去的樣子，就是會讓他想起月野瀨那些專吃蔬菜花果的源爺爺的羊。隼人不禁會心一笑。

隨後，三岳未萌「啊！」地喊了一聲，似乎發現了答案。

「是營養不足吧，所以要用肥料！」

她興奮地抬頭看向隼人，雙眼閃閃發光。

她的樣子像極了渴望被稱讚的小動物，隼人差點想伸手摸摸她的頭，但拚命忍住了。

「嗯，沒錯。蔬菜雖然也很難分辨，但它們跟人類一樣，體力用盡也會疲軟無力。妳有肥料嗎？我來幫妳追肥吧。」

「蔬菜也跟人類一樣……啊，我有肥料！那個……」

「不要直接碰到根莖，用畫圓的方式圍著撒。」

「好、好的！嘿咻……」

雖然以花圃來說面積算大，但以農田來說，也不過是家庭菜園的等級。兩人分工合作後，肥料很快就撒完了。

儘管如此，畢竟還是在夏天的大太陽底下。雖然隼人在月野瀨時已經習慣在炎炎夏日工作，現在依然是滿身大汗，制服都緊貼在肌膚上了。

「撒完了，謝謝你！」

「啊、啊啊……！」

「那個，怎麼了嗎……？」

「不，呃……」

隼人用手背擦去額頭上的汗水，並看了她一眼，才驚覺她跟隼人一樣，制服襯衫都貼在身上了。雖然她身型纖瘦，依然浮現出充滿女人味的曲線。儘管個子嬌小，但那個不僅姬子（妹妹）無法比擬，還比春希豐滿有料的部位闖入了隼人的視野，讓他急忙把臉別開。

三岳未萌再次歪過頭，似乎不明白隼人的舉止為何這般怪異。

（……太大意了。）

三岳未萌總讓他聯想到月野瀨的羊，然而再怎麼說還是同齡的女孩子。

儘管缺乏與同年齡層交流的經驗，隼人也不會特別意識到這部分，但三岳未萌在他面前表現得如此毫無防備，還是讓他心裡小鹿亂撞。

此外，雖然三岳未萌不追求時尚，頂著一頭亂翹的頭髮栽種蔬菜，不過仔細一看，她的

臉蛋還是相當可愛。

這個少女可說是鑽石的原石。

「帽、帽子！」

「咦？」

「那個，我覺得妳應該戴個草帽之類的比較好。天氣這麼熱，我怕妳會中暑。」

「啊，也是，最近氣溫越來越高了。」

隼人這番話就像在掩飾什麼，三岳未萌卻當作忠告照單全收，頓時變得消沉，覺得自己不夠細心。對隼人來說，這只是隨便找藉口開脫的一句話，所以看到她的表情，心裡也浮現出罪惡感。

兩人之間瀰漫著一股難以言喻的尷尬氣氛。就在此時，忽然有人朝他們遞出一條手巾。

「三岳同學，帽子固然重要，但妳的服裝可能也該解決一下，這樣男生會不知道該把視線往哪裡擺喔。」

「啊……二、二階堂？」

「唔咦？」

春希不知何時來到三岳未萌身邊，面帶微笑地遞出手巾。

她的視線緊盯著三岳未萌的胸口。因為流汗而緊貼在身上的襯衫底下清楚透出了蕾絲花紋。

「咿、咿呀啊啊啊啊啊啊！」

被春希提醒後，三岳未萌終於發現自己的醜態，臉蛋瞬間漲得通紅，立刻將春希給她的手巾抱在胸口並逃離現場。

目送三岳未萌的背影離去後，春希瞇起眼瞪向隼人，低聲說道：

「……………色狼。」

「呃，那個，不是，妳聽我說……！」

「…………下流。」

「哪有……呃……」

「……」

「……………………對不起。」

「哼！」

這種指責和態度一點也不像平常的春希。

不過隼人從中嗅出了不祥的預感，反射性地開口道歉了。

下午的課堂上。

「平城京是西元710年仿造唐朝長安的建築，位於現在的奈良縣——」

現在在上日本史，四周充滿了午後特有的渙散氛圍。

但隼人旁邊的座位卻散發出恐怖的氣息。

「……哼！」

「……唉。」

隼人試著將視線往旁邊挪，想偷看春希的狀況。然而她一察覺到隼人的視線，就馬上把臉別開。看來春希在跟他鬧彆扭。

（……傷腦筋。）

原因很明顯。

因為隼人的視線落在三岳未萌汗濕而緊貼的制服，以及女性獨有的那個部位。

會下意識往那個地方看，是青春少年的本能反應，所以他希望春希能諒解，但春希似乎不肯妥協。

「——此外也改革了許多制度，以及租庸調制……啊～跟上個月教到的飛鳥時代比較一下會滿有趣的。上次發下去的講義——」

「……啊。」

隼人喊了一聲。他沒有這份講義。

轉學至今將近一個月，已經漸漸熟悉班級事務和課程內容了，但偶爾還是得像這樣請坐在隔壁的春希幫忙。

「啊～那個，二階堂……同學……？」

「…………唉～」

春希還在鬧彆扭，卻還是深深嘆了一口氣，把講義朝向隼人，並將桌子靠過去。

（對喔，剛轉過來的時候也發生過類似的事。）

記得春希當時也像現在這樣，儘管不太開心，還是把講義借給他看。

「哈哈，謝啦。」

「……唔。」

簡直一模一樣。想起這件事，讓隼人輕笑出聲。

但隼人這種態度似乎惹毛了春希。

「這只是講義，請你別露出看『那個女生』時的下流眼神。」

「啥！」

春希皺眉將臉別向一旁，她那細小卻如銀鈴般清晰悅耳的嗓音頓時傳遍了整間教室。在短暫的寂靜過後，教室裡爆出哄堂大笑。

「喂喂，霧島幹了什麼好事？」

「等等，到底是哪種眼神啊。」

「霧島～～不可以性騷擾喔～～好了，繼續上課。」

「妳這傢伙……唔唔……」

眾人的笑聲久久無法停歇，隼人也因為太過羞恥，頂著火辣辣的臉頰縮起身子。

隔壁的春希還是將臉轉向一旁，還用鼻子哼了一聲。

一下課，隼人就被一群男生團團包圍。

「喂，霧島，你到底是被二階堂同學看到哪種眼神啊？」

「那個女生，就是之前說的兒時玩伴吧？」

「你是不是看到什麼香豔刺激的畫面，才忍不住露出那種眼神！」

「呃，那個，等一下，我……」

他們的眼中全都寫滿好奇，一副沒問出真相就不肯放他走的樣子。

原因就是春希剛才的態度吧。

清純可愛，文武雙全，對所有人都溫柔體貼，給人的印象極佳。

如此完美的春希居然會說出責怪他人的言詞，讓人不好奇也難。

「喂，霧島，她說你的眼神很下流，具體來說到底是怎樣？二階堂都說成這樣了，你是不是被她發現了什麼奇怪的性癖？」

「森！」

森忽然丟出這個震撼彈，彷彿要煽動隼人和周遭眾人的情緒。

「原來是這樣啊……其實我喜歡腋下！」

「其實我很愛腳踝附近的線條。」

「…………鎖骨。」

「就、就說了！就算你這麼問，我也無可奉告啊！」

結果男生們聚在一塊，聊起女生的話題。

他們漸漸拋開顧慮，徹底離題，絲毫不在意女生們的目光。這時隔壁座位竟投下更重量級的燃料，徹底引爆了以隼人座位為中心召開的性癖會談。

「胸部啦，胸部。霧島同學最喜歡奶子了。」

「等等，春！二階堂——！」

隼人這聲幾乎接近慘叫了。

男生們紛紛喊出「喔喔～～！」「這很基本啊！」「二階堂同學居然說出奶子這兩個字……！」這種類似喝采的吼叫聲。女生們則竊竊私語：「嗚哇，男生有夠沒品～～」「霧島同學感覺是正人君子，果然也一個樣……」「不過照片裡那個女生……啊啊，原來他喜歡這種口味啊。」

又變回今天早上那種渾沌的情況了。

春希生氣地嘟起嘴。

「饒了我吧……」

隼人也只能抱著頭趴在自己的桌子上。

這場喧鬧立刻就演變成徒勞無功的男女辯戰，隼人決定視而不見。但在眾人的吵鬧聲中，森驚訝又困惑的聲音傳進了隼人的耳裡。

「……二階堂也會露出那種表情啊。」

「森……？」

「啊，霧島。呃，沒什麼啦。」

隼人疑惑地看向春希，發現她混在女生群中，一臉傻眼地看著男生們，眼裡還藏著一抹隼人熟悉的淘氣神情。

（……搞什麼啊。）

心情好像變得有點浮躁。

為了掩飾這股躁動，隼人用力搔搔頭，無意間卻和春希四目相接。

「——呵呵。」

「……這傢伙……」

春希帶著得意洋洋的表情，偷偷吐了紅紅的舌尖，彷彿只為了讓隼人看見。

不可思議的是，看了春希的反應後，隼人的心情居然好轉了。

◇◇◇

都市的夕陽與月野瀨鄉下不同，染紅的並不是山頭，而是大廈樓房。

從幹線道路轉進住宅區的路上有一間大型超商。此時姬子就在超商門口和班上同學道別，準備回家。

「拜拜，姬子。」

「再見～～霧島同學。」

「我先走嘍～～」

「嗯，大家明天見。」

好幾盞路燈早早就亮了起來，照亮了四周。跟姬子認知中的黃昏景色相比，都市的道路明亮許多，但姬子的腳步卻跟走在夜路時一樣略顯沉重。

（今天也吃太多了……嗚嗚，雖然很好吃，不過單價太貴了啦……）

姬子摸摸肚子，緩緩移動腳步。

原因就出在超商的甜點。說起月野瀨的零食，就只有感覺像開好玩的自營商店裡擺的古早味零食，保存期限還很長。

相對地，都市的超商貨架上陳列著保存期限很短，使用大量鮮奶油製成的甜點。

姬子本來就對甜點沒什麼抵抗力，根本抵擋不住這股誘惑。

順帶一提，姬子的同學們覺得逗她很有趣，不停推薦她試試各種品項。

結果導致姬子的零用錢嚴重縮水。

「唉，我回來……了？」

「喔，妳回來啦。」

「…………歡迎回來，小姬。」

姬子財務受到重挫，回到家的同時感到疑惑。

只見隼人一臉傷腦筋地切著菜，春希則悶悶不樂地坐在沙發上，還用抱枕擋在胸口。兩人之間瀰漫著險惡的氣氛。

順帶一提，春希還是乖乖把襪子脫了，一雙腳光溜溜的。雖說她遮住胸口，但因為是抱著腿屈膝坐著，只要轉到正面就能把她的內褲看得一清二楚，防備心相當低，讓姬子發出五味雜陳的嘆息。

「呃～……小春，這是怎麼回事？」

「小姬……隼人是禽獸……」

「啊？」

姬子疑惑地問，換來的卻是春希這句話和奇怪的態度。她一臉嚴肅地緊摟著抱枕，彷彿想將胸部護得更緊。

看到兒時玩伴這種反應，姬子腦中的冷靜頓時煙消雲散。

「難、難難難道妳被摸胸了嗎！我以前就覺得哥禽獸不如，不過小春也算有料吧！我只要摸一下下就好，讓我也感受一下神蹟！」

「小、小姬！不對，不是我啦，是園藝——呀啊，那裡是肚子～～！」

「喂，妳在幹嘛啊，姬子，快住手。」

不知道姬子究竟是怎麼解讀的，她失控地撲向春希，想確認胸部大小。實在看不下去的隼人一把將姬子拉開後，姬子的眼裡還帶著半分認真。

「一半……不，三分之一就好，讓我感受神蹟！」

「不、不行啦～～！」

「求您開恩！」

隼人的眉頭越皺越緊，深深地嘆了一口氣。

「喔～～原來如此，哥盯著女生的胸部看啊。」

「而且還一副色瞇瞇的樣子。」

「……饒了我吧。」

晚餐時的話題，就是春希和姬子瘋狂捉弄隼人。

姬子的誤會已經解開，春希的嗓音也帶了幾分揶揄，跟方才截然不同。隼人可能也知道她們的意圖，難堪地露出苦笑。

今天的主菜是用切成小丁的茄子與絞肉一同拌炒，加入大蒜、舞菇、糯米椒，以醬油、味霖、蠔油及少量味噌做成甜鹹口味，可說是變化版的麻婆茄子。

這道菜和白飯當然是絕配，因此隼人沒有把自己的份盛在盤子上，而是直接做成蓋飯。春希跟姬子也如法炮製，大口大口地動筷享用。

「對了，小春，那個女生真的那麼大喔？」

「嗯～～她個子不高，但確實比我大兩個……不對，可能大三個罩杯喔。」

「什……！我跟小春就已經差兩個罩杯了耶！」

「啊哈哈，其實我也忍不住看了一眼。」

「唔，那就沒辦法了。哥，這次就原諒你吧。」

「……是是是，別光顧著講話，飯也要記得吃。」

「「好～～」」

就這樣吃完晚餐後，他們喝了茶。來到春希準備回家的時間，她已經恢復正常了。當隼人正在洗碗時，春希也旁若無人地躺在客廳沙發上看電視，完全不輸給姬子。

（啊～～原來如此。）

姬子終於明白春希的心境了。

應該是中午那件事讓她鬧彆扭吧，所以她才想找個機會跟隼人和好，應該說像平常那樣相處。姬子徹底上當了。

「小春，妳從以前就很不坦率耶。」

「怎、怎麼忽然說這種話啊，小姬？」

「沒有啊～～」

姬子有些傻眼地這麼說，並看向隼人。春希似乎發現自己的心思被看穿了，便開始收拾東西，彷彿要掩飾什麼。

「啊～～嗯，我得回去了。今天也謝謝你們的招待。」

「喔，招待不周，多多包涵。」

「小春……」

春希喊了聲「嘿咻」站起身後，慢吞吞地穿起先前脫下的長筒襪。

姬子看著春希的反應，忽然想起剛才聊的話題，便以延續閒聊的感覺低喃幾句：

「不過哥也真讓人傷腦筋耶～～這裡都已經有這麼可愛的兩個女生了，還去偷看其他人啊～～」

「啊哈哈，對啊。真是的，拿我將就一下不就可以滿……足…………」

「但要是真的被他這樣盯著看也很頭痛……小春？」

「……」

不知怎地，春希的動作戛然而止。她只穿好左邊的襪子，正在穿右腳的長筒襪，整體看起來不上不下。

春希就這麼僵在姬子面前超過十秒，連姬子都露出了疑惑的表情。

「小春？喂～～小春！」

「小春！」

「——！小、小姬！啊、啊哈哈……嗯、嗯，我今天該走了！不必出來送我，拜拜！」

被姬子的聲音重新喚醒的春希就這麼維持長筒襪穿到一半的模樣，莫名驚慌地奮力衝出家門。她一轉眼就跑了出去，姬子甚至來不及制止。

姬子傻在原地，隼人也露出呆愣的表情，暫停洗碗並上前問道：

「春希那傢伙回去了嗎？」

「嗯，好像是。」

「不用送她回家嗎？」

「她是不是覺得跟哥走在一起，就會被你死盯著胸部？」

「……最好是啦。別說那些有的沒的，洗澡水燒好了，進去洗吧。」

「好～～」

跟隼人嘴砲幾句後，姬子便走向更衣間。準備浴巾和換穿衣物的同時，她覺得自己剛才嘴砲的那些話未必有錯。

（該不會哥一直都用那種眼神看著小春……不不不，怎麼可能。）

但姬子立刻就否決了這個假設。

平常在家裡看到的春希可說是慘不忍睹，自在程度跟姬子本身沒什麼差別。她從來沒看過隼人對這樣的春希起心動念，反而覺得跟看著自己（家人）的眼神差不多。

（難道反而是小春對哥有意思……啊哈哈，想太多了吧。）

想著這些事，不知為何讓姬子心裡有些鬱悶，於是她也否定了這個假設。她像是要抹去這個想法般用力脫下水手服，變得一絲不掛。

這時她忽然發現眼前有個體重計。她有好一陣子沒量了。

微微突起的肚子映入眼簾，她在心中糾結了一瞬才戰戰兢兢地踩了上去。

「～～～～～～～唔！！！？！？！？」

隨後，她發出了無聲的慘叫。

「姬子，怎麼了，妳沒事吧！」

「白痴，別過來，不准偷看，哥哥是大笨蛋！」

「抱、抱歉！」

姬子羞恥萬分地當場蹲下，這次在焦躁感的驅使下抱頭苦思起來。

（怎、怎、怎、怎麼辦啊……！）

或許是這陣子猛吃超商甜點的報應，相隔十天站上體重計後，顯示的數字居然比之前成長了將近10％。

◇◇◇

此刻下弦月尚未出現在東方的夜空中。

儘管少了月光，多虧路燈的照明，夜路還不算太暗。

「呼、呼、呼、呼……！」

有個少女在這夜路上狂奔，她用盡全力奔跑，一頭長髮晃得亂七八糟。

這一幕顯然不太正常。

她臉上的潮紅一路延伸到脖子。如果是大白天，一定會受到眾人矚目吧。

「我回來了！」

她「一如往常」對黑暗的室內這麼打了招呼，卻「不如以往」地沒確認那不可能會有的回應就這麼奔向更衣間。

她將汗濕的襯衫直接丟進洗衣機，接著把尚未加熱還很冰冷的水用蓮蓬頭從頭頂淋下。

「好冰！」

喊出這句理所當然的話後，蓮蓬頭流出的水才緩緩變溫熱，她便繼續淋浴。黏答答的汗水頓時被沖洗乾淨，身體也清爽許多，但積鬱心頭的那份焦慮怎麼也揮不去。

「唔唔唔……」

從幾天前開始，只要一點小事就會讓她變成這副德性。

在熱水的澆淋下，她回想起中午那件事。

當時她好不容易找了藉口矇混過去，從女同學們的逼問大會逃了出來。
趕往祕密基地後，卻發現裡頭空無一人，於是她走向隼人常去的那個種植蔬菜的花圃。
果不其然，隼人就在那兒。
『隼……霧島——』
一看到隼人的身影，春希本想開口喊他，不知為何卻辦不到。
隼人一手拿著肥料袋，動作熟練地為花圃的田埂施肥，還不時溫柔體貼地對園藝社的女孩——三岳未萌出聲關切。她似乎也很信賴隼人，勤奮地提出各種問題。
春希對眼前的隼人感到陌生。
（啊～嗯……畢竟隼人很喜歡照顧別人嘛……）
不論是約好往後要在祕密基地一起度過午休時間；硬要送春希回家；還有說不想讓春希回到那個家，態度強硬地要春希住下來——這些畫面一一閃過春希的腦海。
眼下隼人正在做的事可說是這位摯友的美德，是值得誇耀的部分，但不知怎地，春希覺得胸口隱隱作痛。
春希對自己的反應感到疑惑，但還是繼續觀察三岳未萌。
由於跟三岳未萌不是念同一所國中，春希對她的認知少之又少。

她性格乖巧，身型也比春希小了一圈，卻擁有值得大書特書的柔美豐滿曲線。而且外表可愛又討人喜歡，給人一種小動物的感覺。

這些都是春希在隼人面前不會展現出的「女人味」。

（奇、怪……）

她忽然有種不祥的預感，卻說不上是什麼感覺。看到隼人笑嘻嘻地跟三岳未萌一起快樂農作的樣子，一股近似焦慮的情緒便在心中油然而生。

當隼人看到三岳未萌那對比春希有料的部位，變得滿臉通紅時，春希終於忍無可忍地介入兩人之間。在那之後的表現，連春希自己都覺得幼稚無比，只不過是在鬧脾氣罷了。

所以剛才雖然被姬子嚇得不輕，她還是很感謝姬子。儘管心中仍有芥蒂，她的心情也得以重新整頓，明天就能恢復正常——照理來說應當如此。

『啊哈哈，對啊。真是的，拿我將就一下不就可以滿……足………』

從那幾句閒聊，春希忽然被迫明白了自己過去體會到的那股怪異感的真相。

（我居然覺得隼人被搶走了！）

那是某種算不上吃醋，類似獨占欲的幼稚情緒。

春希也很清楚隼人是身心健全的青春期男孩，會發生這種事無可厚非。正因為理解，她才會出言調侃。而春希也信任隼人，確信他會明白自己的心情。

話雖如此，看到他在其他女孩面前露出害羞的樣子，還是讓春希心生不滿。

（我的也不小啊……）

這個想法忍不住浮上心頭。春希想將蓮蓬頭水柱轉強試圖掩飾，卻已經轉到最強了。

「啊～討厭！」

她想解決內心浮現的那股焦慮，便用力將全身搓洗出泡沫，沒想到急速的心跳卻不見平息。

今天的沖澡時間感覺會漫長無比。

「啊～熱死了～～」

沖澡沖太久，感覺下一秒就要暈過去了。

再繼續下去可能會撐不住，於是春希從冷凍庫拿出冰，回到房間後又開了冷氣。

「啊，好痛，但好好吃喔～～」

因為一口氣吃了幾口冰，頓時引發頭痛反應，但也只有一瞬間。隨後她又大口大口地猛吃冰。

鬱悶的思緒還在胸口揮之不去，所以這算是自暴自棄的大吃吧。

（總之都是隼人的錯！）

在各種紛亂思緒下思考，結果導出了這個結論。春希也知道這根本只是幼稚的遷怒行為，卻也只能這麼做。

光是這點小事就能攪亂春希的心。

春希從以前就常被隼人耍得團團轉，她深切地體悟到絕對不能再重蹈覆轍了。可是她一方面又覺得這也沒什麼不好——春希對這樣的自己最是感到傻眼。

「……唉。」

春希把吃完的冰棒棍含在嘴裡，靈巧地嘆了口氣。她一屁股坐在坐墊上盤起腿，開始環視四周。

漫畫和遊戲雜亂無章地扔在地上，矮桌上則有還沒做完的模型玩具。最近慢慢增加的美妝品、時尚雜誌，以及「充滿女人味的衣服」，全都淒涼地散亂在各處。

「…………」

房內寂靜無聲。這一如既往的寂靜已經持續了好幾年，自己應該早就習慣了。

但不知怎地，春希還是將這裡拿來跟有隼人和姬子在的熱鬧的霧島家相比，忍不住皺起眉頭，胸口也有種莫名的躁動。

～～～♪

「唔！」

就在此時，鮮少響起的手機忽然傳出鈴聲。春希嚇得肩膀一震，才連忙接起電話。

『…………小春。』

「嗯嗯，搞什麼，是小姬啊。怎、怎麼啦？」

『……小春，妳還好吧？』

「呃，什麼意思……？」

姬子的嗓音異常低沉嚴肅，讓春希一頭霧水。

春希忽然有種剛才糾結的思緒被看透的錯覺，心跳也不由自主地急速上升。

『……我……胖了——公斤。』

「————！」

春希啞口無言。她已經猜出端倪了。

『小春，妳今天「也」多吃了一碗飯吧……？』

「啊、啊、啊、啊……！」

最近她都在隼人家一起吃晚餐，覺得飯菜更加美味了。

跟過去只是為了攝取營養的單調三餐不同，和大家圍著餐桌邊吃邊聊，讓她忍不住一口接一口，甚至還多吃一碗飯。

而且像今天這樣回到家因為獨自苦惱，自暴自棄地拿起冰棒吃的日子也越來越多。

『小春妳呢？』

「等等，等一下，我應該還好吧？嗯，一定沒問題，應該沒變胖。」

『面對現實吧？要不要在無法挽回之前做點什麼？現在馬上去量量看啊。』

「啊、啊哈哈，就說沒問題了……」

話雖如此，她最近確實感覺到肚子周圍和上臂一帶不太對勁。

春希一邊通話一邊回到更衣間，將手機放上洗手台，卻在踩上體重計前一秒停下動作。

接著她緩緩褪下衣物，變得一絲不掛。她心想「就算少個幾百克也好」，做了些微抵抗。

「咪呀～～～～～～～！！？！！？！？」

但現實是殘酷的。

春希的體重也跟姬子一樣，比之前成長了將近10%。

『呵呵，減肥同盟成立了呢。』

放在洗手台的手機傳出姬子想要拉同伴一起下水的陰沉嗓音，響徹了整間房間。

除了內心所想，春希的身體也確實產生了變化。初萌芽的少女心又更加雜亂無序了。

第2話

沒經驗

『哥，我們要減肥了。』

『這樣啊，加油……妳說「我們」，是春希也要減嗎？』

『嗯。所以晚餐就麻煩你準備減肥菜單嘍。』

『唉，我哪知道什麼減肥食譜啊。』

這是昨晚他和姬子的對話。

隼人在上學路上回想起這件事。

他的腦海中浮現姬子和春希的身材，覺得兩人根本不需要減肥，但看到姬子認真得令人毛骨悚然的模樣，他實在說不出口。

（我的拿手菜基本上都是下飯菜啊。）

到目前為止，隼人的字典裡根本沒有減肥這兩個字。

在月野瀨鄉下，一人一台車可說是基本配備。就算只是要買點東西，不管到哪裡都有一段距離，隼人還是學生，只能靠雙腳或腳踏車前往。他從來沒想過運動不足的問題，也沒想過該攝取多少卡路里。

這問題讓他一個頭兩個大。再說，姬子不是應該跟我輪流做飯嗎？他忍不住低聲埋怨。

這時，春希的模樣再度浮現於腦海。

雖然胸圍比平均值略低，但她的肢體依然帶有女性特有的圓滑曲線，健美勻稱。那一定是經過許多努力打造而成的吧。

『隼人，你廚藝變好了耶。』

『唔，這就是胃被抓住的感覺嗎……』

『跟大家一起吃飯果然比一個人吃好太多了。』

與此同時，腦海中也閃過春希津津有味地品嚐自己做的料理的模樣。

原來如此，隼人可能真的把春希養胖了，得負起責任才行。

「趁這個機會學點新菜色也好。」

隼人刻意將這句話說出口，彷彿要表現出自己的決心，嘴角也揚起了愉悅的弧度。

抵達學校後，在班會開始前的這段時間。

只要時間充裕，隼人都會盡可能去種植蔬菜的那個花圃露個臉。

一方面是因為可以像在月野瀨時一樣栽種蔬菜，能讓他心情平靜許多。此外，因為三岳未萌老是沒把話聽完就擅自下定論，他也經常為了解開誤會而造訪花圃。

「妳在拔草啊？我來幫妳吧，三岳同學。」

「啊，霧島同學！」

三岳未萌今天果然也在花圃前勤奮地照顧蔬菜。

順帶一提，他們最近總是在拔草。這個時期若疏於照顧，馬上就會變得雜草叢生。

只要兩人分工努力幹活，沒一會兒就拔完了。

雜草的量沒有多到需要裝袋，努力一點甚至可以用單手抓取，所以只要把雜草帶到垃圾集中處丟棄，早上的工作就算告一段落。

「這樣就全部搞定了吧？」

「對，謝謝你的幫忙。」

三岳未萌面帶微笑這麼說，臉頰還沾了點泥土。

她現在穿著學校運動服，還戴了草帽和手套，完全是與時尚搭不上邊的月野瀨女子風格（※多半是穿著小孩的運動服），讓隼人覺得更加親近，不禁揚起笑容。

或許是因為這樣，隼人實在無法想像減肥菜單該如何準備。於是煩惱的他便用閒話家常的語氣隨口一問：

「三岳同學，妳有減肥過嗎？」

「呼咦？我、我很胖嗎……？是、是不是該減了？」

「不、不是啦，是我妹！我妹要我幫她減肥！三岳同學根本沒必要減啦！」

「對、對對對不起，我又貿然下定論了……啊唔唔唔……」

她又沒把話聽完就誤會隼人的意思，但冷靜下來後，她也歪著頭沉吟一陣，跟隼人一起煩惱起來。真是個好孩子。

「重點應該還是運動和飲食吧？」

「她就是要求我協助飲食部分，畢竟家裡是我掌廚。但我會做的菜色，基本上都是重口味的豪邁料理或下飯菜。」

「啊，霧島同學『也要』負責做飯嗎？對了，你之前也教過我做淺漬茄子，真的幫了我很大的忙！」

「哈哈，那就好。我從以前就得下廚……我媽身體不太好。」

「啊，難道你上次來醫院就是……」

三岳未萌說著眨了幾下眼睛，窺探隼人的臉色。

真是不可思議的表情。

她的眼神帶有類似敬佩和同感的情緒，到底是什麼意思呢？隼人才這麼想，她的表情馬上就變成暖洋洋的笑容。

「霧島同學，你是個好哥哥呢。」

「啥！怎麼忽然說這種話？我哪有啊！」

「呵呵。」

這回換隼人驚慌失措了。在三岳未萌身上完全看不出時尚，卻是個臉蛋相當可愛的女孩，可說是鑽石的原石。

隼人對家人以外的同齡女孩抵抗力極低，因此這句話和這張笑容的威力就足以讓他亂了陣腳。

「雖然不熟練，還是想為了某人努力的心情，我覺得非常值得敬佩。我爺爺也是……」

「……三岳同學？」

她的嗓音混雜了各種複雜的情緒。

看到她神色有些哀傷地將視線移往別處——也就是醫院所在的方向時，隼人的思緒也瞬間冷靜下來。她一定也有難言之隱吧。

隼人有些懊悔地搔搔頭，再次面向三岳未萌。

「妳剛才……」

「什麼？」

「妳剛才說我『也要』負責做飯，難道妳也是嗎？」

「嗯，算是吧。」

「如果妳有推薦的菜色，就教教我吧，不是減肥食譜也無所謂。」

「當然可以啊……但我做的都是爺爺喜歡的菜色……」

「那應該很適合減肥吧，感覺油的用量不多。」

「啊！……呵呵，有可能喔。」

兩人相視而笑，但心裡都帶了點疙瘩。

他們認識的時間不算長，對彼此仍有許多不了解的地方。

所以才需要一點互相理解的契機。

「那我下次用訊息把食譜傳給你——啊！」

「嗯……嗯？」

垃圾集中處位在校舍後方。
若非打掃時間，基本上學生不會來這裡。
但現在卻有一對男女站在那裡，氣氛還有些緊張。
隼人也看得出眼前是什麼狀況。
（告、告白？這是告白場面嗎！）
第一次撞見這種男女情事，徹底動搖了隼人的心神。
不能亂看吧，但又很好奇。不能偷看吧，不過現在離開就會被發現啊。這些相反的論調在腦海中來回打轉，令隼人的思緒更加混亂。
「啊，那個男生是海童同學吧。」
「海童……咦？」
「海童一輝，足球隊的名將，非常受歡迎。」
「是、是喔……」
聽到三岳未萌用跟平時相差無幾的嗓音這麼說，隼人這才開始仔細觀察對方。
不僅身材高挑，還有一副社團活動鍛鍊出的精實身軀，配上細長清秀的眼型和清新爽朗的五官，連同為男性的隼人看了也覺得帥氣。看得出他應該很受歡迎，也能風靡萬千少女。

三岳未萌卻異常冷靜，讓隼人的混亂程度更上一層樓。

接著，三岳未萌彷彿早已看透結果，用平淡而有些困惑的嗓音預告了這場告白的結局。

「等一下女方就會被拒絕，然後跑走。你看——」

「啊……」

如她所言，不久就看見女方肩膀顫抖著離開現場，徒留一臉歉疚的男子——海童一輝站在原地。

在隼人看來，明明遇到某人被叫出來告白這種宛如都市傳說的場面，那個男生和三岳未萌卻都一副習以為常的樣子。

隼人對此有些掛懷，便頂著依舊混亂的腦袋，直接將疑問說出口。

「……妳怎麼知道？」

「呃，已經習慣了。我一開始也有點驚訝，但這裡似乎是相當知名的告白聖地。啊，那個，不是只有海童同學喔。」

「這樣啊。不過妳也知道那個女生會被拒絕啊，她滿可愛的吧。」

「我記得剛剛那是二年級的高倉學姊。我也有點訝異就是了，在女生之間有個非常有名的傳聞——」

至今沒有交往經驗的隼人甚至覺得「告白」兩字就像某個遙遠異國的詞彙。然而三岳未萌的下一句話更是讓他無法理解。

「——聽說海童同學的目標是二階堂同學。」

「……………嗯？」

這句話足以將隼人的思緒吹散，腦袋一片空白。

跟三岳未萌分開後，隼人呈現半恍惚狀態走向教室。

（他的目標是春希啊……）

轉學第一天，森就跟他說過「二階堂春希是萬人迷」，而且在隼人看來，她的容貌確實讓人心服口服。

他也看過春希廣受眾人愛戴與請託，四處幫助他人的一面。

可是自兩人重逢以來，春希在隼人面前總表現出一如往常的態度。

不僅如此，春希也會將無法對外透露的弱點攤在他眼前。

雖然需要費心照顧，偶爾有點難搞，卻讓人放心不下，無法對她置之不理——這就是春希在隼人心中的印象。

所以，就算聽說春希很受歡迎，隼人也始終沒什麼感覺。他甚至懷疑三岳未萌剛才說的那些話的真偽。

「早……安？」

「嗨，平胸教徒霧島。」

「森，饒了我吧。喂，現在是什麼情況……？」

隼人走進教室後，視線就飄向湊在一起的那群女同學，每個人都帶著認真又嚴肅的表情。至於男生，雖然裝得跟平常沒兩樣，卻顯得莫名躁動無法冷靜。

隼人昨天已經被大家笑過一輪，因此他稍稍擺出防禦姿態，擔心今天也會淪為笑柄。結果卻白忙一場。

「啊～～那個，你仔細聽就知道了。」

「……啊？」

隼人完全聽不懂森在說什麼，百思不解地走向自己的座位。

這樣一來勢必會看向隔壁座位的春希集團，也能聽見她們的談話。

「復胖果然是最恐怖的。」

「瘦下來之後反而才是重頭戲。」

「啊，單一食物減肥法根本就是詐欺嘛。」

「呵呵，拚命運動減肥法也是陷阱呢，到頭來我只認知到一件事：空腹才是最強的調味料……」

「暑假前我一定要再瘦五公斤……」

「夏天的衣服一定會凸顯出身材曲線啊……」

「今年！是沒有升學壓力的高中一年級！所以我今年一定要……！」

「嗯嗯，所以適度運動加飲食控制應該是最好的方法吧。」

被女孩們團團包圍的春希一臉認真地加入熱烈的減肥話題。

女孩之間分享了許多經驗談，話題也頓時變得熱火朝天。

此外，因為暑假將至，女孩們的話題除了泳裝和時尚，也提到想要男朋友、想談戀愛等等。這或許就是讓男同學坐立難安的原因吧。

「好像在聊怎麼減肥。」

「我妹也吵著要減肥耶，現在很流行嗎？」

「夏天就是減肥的熱門時期嘛。好，給你一個忠告吧，減肥中的女孩子情緒會很不穩定，你要把她們想成負傷又飢餓的猛獸。」

「你好像深有體會啊。」

「哈哈，我女朋友就是這樣。」

「對喔，你說過你有女朋友。交往很久了嗎？」

「嗯～我們國中畢業才在一起，應該不算久吧……但我們是兒時玩伴，就這層意義來說，也算交往很久了。」

「……………哦～～」

隼人下意識用奇怪的嗓音回答。森說的這番話，讓他有種不可思議的感覺。

對隼人來說，兒時玩伴自然就是春希。

春希確實是個美少女。說起性格，隼人甚至連她的本性都一清二楚，雙方的感情也很融洽。

但若問他想不想跟春希交往，進一步變成情侶關係，他也毫無頭緒。

儘管如此，剛才聽到海童一輝這種帥哥喜歡春希的傳聞後，隼人覺得有些焦躁。

「……實在沒辦法理解。」

「說不定試一試就懂了喔。不如我們也來減肥吧。」

「才不要。」

「哈哈！再給你一個建議吧。碰上餓肚子的女生，只要滿足她們的心靈即可。」

「啊？」

「稱讚她的努力，好好寵她，來點親密接觸就解決了。」

「啥……怎麼可能對我妹做這種事……呃，你在放閃喔！」

「哇哈哈！」

結束跟森這場牛頭不對馬嘴的對談後，隼人回到自己的座位。

他往旁邊看去，那個一如往常——實在沒必要減肥的春希便映入眼簾。

然而她和女同學們熱烈討論，帶著笑容沉浸在減肥話題的模樣，看起來就像隨處可見的平凡女孩。對過去總是獨來獨往，營造孤高優等生的「假象」，對眾人築起心牆的春希來說，應該算是一大進步。

但不知為何，隼人不想承認這一點——因此他向春希打招呼的語氣變得相當冷漠。

「……早。」

「啊，早安，『霧島同學』。」

「——！」

她那文雅可愛的微笑彷彿昨天沒發生過任何事，讓人忍不住看得入神，堪稱完美的「二階堂春希」的笑容。不過隼人的表情越來越難看。

有個女同學發現了隼人的異狀，用傻眼的嗓音出言調侃。她經常找春希聊天，是班上中心人物的一分子，有一頭色澤明亮的鮑伯短髮，個性也十分開朗。

「哎喲，霧島，你還對二階堂同學昨天說的話耿耿於懷啊？是是是，眾所皆知男生都喜歡奶子，根本沒人放在心上啊。」

「！不，那個，我只是……」

周遭也傳來「你看看，表情很嚇人耶～～」「笑一個嘛。」「我昨天也鬧得有點太誇張了～～」這些聲音，像在安慰隼人，也像在袒護春希。接著，隼人便和一臉歉疚的春希對上視線。

「那個，昨天真對不起，霧島同學。」

「……我沒有生氣。」

然而隼人用力搔搔頭，別過臉。

一旁還不斷傳來充滿調侃的笑聲。

午休時間，在老地方祕密基地。

隼人和春希都板著一張臉看著彼此。

「唔唔唔～～～」

「…………」

春希用帶有恨意的眼神盯著隼人的便當盒。

主菜是昨晚吃剩的麻婆茄子，隼人重新做成適合便當的重鹹口味。配菜則是涼拌芝麻小松菜、增色用的小番茄和綠花椰，還有加入蔥花的軟嫩高湯煎蛋捲。這些菜色就算冷掉了，應該也能讓人吃得津津有味。

相反地，春希的午餐只有主打「1塊68大卡！」的水煮雞胸肉，還有一瓶蔬果汁。

春希一邊盯著隼人的便當，一邊啃著水煮雞胸肉，肚子還發出「咕嚕～～」的可愛聲音。隼人忍不住嘆了一大口氣。

「……要吃一口嗎？」

「我、我才不吃！」

「可是春希——」

「我、我胖了四公斤耶！」

「……春希？」

隨後春希的臉頰忽然泛起一抹羞紅，並低下頭別開視線。

四公斤這個數字聽起來很嚇人，但隼人乍看之下，實在看不出有何差異。因此他歪過頭，疑惑地皺起眉。

「……我覺得沒有胖這麼多啊。」

所以妳不必勉強自己減肥——隼人言下之意是如此，可是回想起春希剛才跟女生們親密地談論減肥話題的那一幕，這回就換成隼人別過臉。

然而春希彷彿要指責隼人不懂事態的嚴重性，情緒激動地大吼：

「隼人！你根本不知道四公斤有多可怕！」

「什、什麼？」

「聽好嘍，換算成牛奶就是四瓶，換算成漫畫週刊就是六到七本。我身上！可是多出了！重量直逼中型西瓜或小型米袋的贅肉啊！」

「是、是喔，那可真是……」

聽到四公斤時，隼人還沒什麼概念，但春希改用具體的方式形容後，他才明白情況確實不太樂觀。他心中不禁描繪出春希抱著四瓶牛奶、數本雜誌或中型西瓜的模樣。原來她胖了這麼多啊。

原來如此，難怪姬子也悲痛地喊著要減肥。

這麼重的贅肉實在讓人無法忽視。隼人似乎能稍微明白女生對減肥異常執著的心情了。

眼前的春希也散發出緊張刺人的氣息。

她依舊板著一張臉，視線卻不時在便當、隼人的臉和其他地方來回，十分忙碌。被她這樣瞄來瞄去，隼人也靜不下心，皺起眉頭。

「那個，呃……」

「嗯？」

「你在生氣嗎……？」

「……啊？」

這句話出乎隼人的預料。春希冷不防說出這種話，讓他不知所措。

春希神情不安地揚起視線看他，似乎在窺探他的臉色。

「因為你從早上開始就一直擺臭臉給我看。」

「呃，那是因為……」

「我也覺得自己昨天太過分了。那個，對不起……」

「什麼……」

隼人心想：這樣真不像她。平常的春希一定會一口咬定這些只是小事，根本不會放在心上，把隼人耍得團團轉。

但眼前的春希眼中卻藏著柔弱，彷彿想尋求倚靠。

（情緒會很不穩定啊……）

隼人回想起森早上說的那些話，以及應對方法。

但他覺得難度有點太高了。

『在女生之間有個非常有名的傳聞，聽說海童同學的目標是二階堂同學。』

不知怎地，這時他猛然想起三岳未萌的這番話。

「春希！」

「咦……咪呀！」

這是十足衝動的行為。他下意識伸出右手，抓著春希的頭亂摸一通，隨後又改為溫柔地撈起秀髮般輕撫。

隼人和春希都瞪大雙眼，啞口無言。

春希的頭髮觸感好得驚人，如絲絹般柔滑，從指縫間滑落時伴隨的搔癢感讓隼人無可自拔地持續輕撫。

春希似乎也被摸得很舒服，高高吊起的眼角也漸漸舒緩下垂，任由隼人撫摸。

隼人也知道自己平常不會做這種事，但他的手就是停不下來。胸口似乎有種心癢難耐的感覺，他便直接將這種感覺化為言語說出口。

「頭髮……」

「嗯、嗯。」

「要是過度減肥，營養攝取不足，頭髮就會乾燥。」

「是、是啊，我會注意。」

「我不想要那樣。」

「咦…………嗯、嗯。」

「適可而止。我會支持妳，妳也不要勉強自己，慢慢努力吧。」

「嗯，我會加油。」

「啊～那個，妳的髮質真好，感覺會摸上癮呢。」

「是、是嗎？嘿嘿嘿……以後我也會認真保養。」

「啊，摸太久髮型應該會亂掉吧。那就先這樣——」

「——啊。」

摸著摸著，隼人也漸漸冷靜下來，但羞恥感還是更勝一籌。雖然有點依依不捨，他仍把手抽回。

結果春希有些悵然地喊了一聲。

她的聲音聽起來很悲傷，就像陶醉其中的事物被人中途搶走一般。她用略帶哀傷的懇求眼神看著隼人，彷彿在質問他為何如此壞心眼。

「隼人……」

「春、春希？」

「……」

「……」

接著他們對視。

春希一雙眼睛水汪汪，可能是因為隼人把手收回，讓她漸漸恢復冷靜，不只臉頰，她的整張臉都因為羞澀而通紅。

「……咪……」

「咪？」

「咪呀啊啊啊啊啊啊啊啊啊～～！」

「春希？」

春希忍無可忍地大喊一聲。

「你、你、你你是怎樣啦！好恐怖，隼人好恐怖！你什麼時候學會這種花招的！應該說，你之前荼毒過多少人啊！」

「等等，妳冷靜點，荼毒什麼啦。月野瀨幾乎沒有跟我同年齡層的人，我頂多只摸過姬子，再來就是羊或貓！」

「你、你摸過姬子！這很那個耶，用那個去摸那個真的很那個耶！」

「說法太可疑了！啊～～真是的，受不了妳耶！哈哈！」

春希似乎覺得自己剛才的反應很丟人，便說了好幾次「那個」，試圖掩蓋自己慌亂失常的證據。

但這就是春希平常會有的反應，隼人忍不住笑出聲來。春希見狀，不滿地鼓起雙頰，喊了一聲抗議：「討厭！」

兩人的氣氛終於又恢復正常了。

「真是的，我不習慣這種被稱讚或寵溺的感覺嘛！更不記得有誰摸過我的頭髮。」

春希一臉傷腦筋地哈哈笑了，卻忽然像是想起什麼，臉蒙上了一層陰霾，但隼人沒有察覺。他有些賭氣地回答：

「……啊～～那個，真令人意外，妳不是很受歡迎嗎？呃，我以為妳常常被告白，早就習慣被人奉承了。」

說完，隼人的心揪了一下，他一直都很在意這件事。

雖然趁這個機會問出口，但他馬上就發現自己根本不想知道真相，也後悔地心想「早知道就別問了」。他對自己感到傻眼並皺起眉頭。

「哪有，我根本沒被告白過。說穿了，我就是為了不被告白才會煞費苦心。所以我基本上不會把手機聯絡資訊告訴別人。」

「這樣啊……」

「緋聞。」

「嗯？」

「對藝人來說，有了交往對象，或是交往後該如何處理工作等等，光是這些就會引發很大的問題吧。」

「是啊……？」

「所以『我』，『乖寶寶二階堂春希』不能交男朋友。」

「……這樣啊。」

春希突如其來的發言讓隼人有些困惑。

他隱約能理解春希想說什麼，但這七年的空白構成了阻礙，讓他無法讀懂更深一層的意義，因而焦躁萬分。

隼人的表情應該變得更難看了。

春希察覺後笑著帶過，硬是將話題導回正軌，彷彿想就此結束這個話題。

「總而言之，為了健康著想，我得努力減肥才行。為了健康著想。」

「為了健康啊。那姬子也要好好努力了。」

「嗯。」

春希一再強調「為了健康著想」。隼人心中有許多疑惑。

但別說是交往了，春希甚至沒被告白過——這個事實讓隼人如釋重負。

第3話 意想不到的贈禮

現在是太陽尚未西沉的黃昏時分，還稱不上夜晚。

霧島家的餐桌上傳來兩名少女的抗議聲。

「哥，哪有這樣的～～這些菜色太離譜了吧。」

「哎呀～～連我都有點……嗯……」

「……我懂。我自己都不太能接受。」

餐桌上擺放的菜餚是撒上鹽巴的毛豆、切片番茄冷盤、拌入辣味噌的小黃瓜塊，主菜則是撒上洋蔥和青蔥的橙醋醬拌雞皮，並用涼拌豆腐代替米飯。

眼前的菜色配上啤酒就堪稱完美，根本就是酒席料理。

「對喔……哥做的菜都是偏向下酒菜類型。」

「啊、啊哈哈～～……隼人你也……嗯，啊哈哈～～……」

「哎、哎呀，雖然賣相不佳，應該很適合減肥喔。」

出現了上述對話，春希和姬子也有些埋怨，卻還是全部吃完了。她們似乎對口味沒什麼意見。

關於哪些菜色有益減重，隼人還是有先做功課。

要攝取足夠的蛋白質，減少熱量和醣類，食物纖維也不能少。從他的拿手菜中挑選出遵循這個基本原則的結果，就是這頓賣相悽慘的晚餐。

回到自己的房間後，隼人躺在床上思考。

「嗯～～減肥菜單啊……」

不只是端出菜餚，隼人其實更想看她們吃得開心。

但他想來想去也沒什麼好點子。

（找人商量好了……）

隼人這麼想，便點開三岳未萌的帳號，將晚餐時拍的照片傳給她，還加上一句「評價慘不忍睹」。

等了十幾分鐘後，三岳未萌回傳了一個苦笑的表情符號。隼人感受到她的困惑，於是思考了一會兒才回覆。

『抱歉，傳了讓妳很難回覆的訊息。說到減肥，我就想著要以蔬菜為主……能給我一點建議嗎？我實在不想聽我妹抱怨。』

『這個嘛……把夏天的蔬菜做成醬醃口味，味道還不錯，可以試試看吧……』

『是先炸過一次再用高湯浸漬的那種做法嗎？嗯～～……』

『以熱量來說不太適合吧。抱歉，沒能幫上忙。』

『不，聽起來很好吃啊。可以的話，能把食譜告訴我嗎？』

『好，等一下傳給你。』

『謝謝。』

傳完訊息後，隼人忽然從床上起身，搔了搔頭。

檢視其他聯絡人後，發現只有森和其他幾個男同學的名字，實在無法想像這些人會給出減肥菜單的建議。

（說起來，還有其他女性朋友嗎……啊，對了。）

隼人靈機一動，便走向姬子的房間，就在隔著走廊的正對面。

「姬子，妳現在有空嗎？」

「唔！你、你突然幹嘛！不要忽然開門好不好！」

「啊，對不起。」

隼人沒等姬子答話就直接開門，結果被姬子痛罵一頓。只見她盤腿坐在地上，雙手合掌不斷使力，面前還有一本攤開的雜誌，似乎正在做某種運動。

她應該不太想讓人看到這一幕，所以生氣地低吼，威嚇隼人有話快講。

「可以告訴我村尾的帳號嗎？」

「啊？沙紀的？」

姬子一臉疑惑地皺起眉，似乎沒料到隼人會這麼說。

她把哥哥從頭到腳看了一遍，想探出他的本意，接著大大地嘆了口氣。

「哥，怎麼可以因為不受歡迎，就要對妹妹的朋友出手呢？」

「白痴喔，我不是要對她出手啦！只是，那個，我有事情要問她，所以想問問她的聯絡方式……！」

「誰知道呢？而且她基本上不太喜歡哥吧。」

「唔，這倒是……」

姬子的朋友村尾沙紀跟隼人的關係有點尷尬，只要一碰面，她都會躲到姬子身後，就算在學校或路上單獨遇見，她也經常立刻逃走。因此姬子老是逼問隼人有沒有調戲沙紀，或是對她做了什麼好事。

想起這些過往，讓隼人沮喪地低下頭。姬子見狀，又深深嘆一口氣。

「唉……我還是先把哥的帳號傳給沙紀，會不會回覆就看沙紀的心情了。」

「……麻煩妳了。」

隨後姬子嫌棄地揮揮手，把隼人趕出房間。

看來沒辦法跟村尾沙紀聯絡上了——隼人這麼想，便將手機放回房間，迅速做完洗衣服等家務。洗澡水也在這段期間燒好了，於是他走向浴室。

水滴「滴答」一聲打在磁磚上。

「……唉，該怎麼辦呢？」

在浴缸裡泡澡的隼人仰頭看向天花板，一聲嘆息在浴室裡緩緩消散。大樓的浴室沒有對外窗，跟住到上個月的月野瀨老家截然不同。

腦海中浮現妹妹姬子的那位朋友——村尾沙紀。

秀麗的五官還帶有幾分稚氣，肌膚顏色不太像日本人，天生就是晶瑩剔透的淡白色，還有一頭充滿光澤的亞麻色秀髮。他們家自平安時代以來就掌管村裡的神社，因此她那帶有神祕氣息的長相給人一種高雅的感覺，是個非常美麗的少女。

她的個性和聒噪的姬子完全相反，穩重又敦厚，臉上總是帶著文雅的笑容。月野瀨的老人家都把她當成孫女疼愛有加，儼然是偶像般的存在。

但不知為何，溫和有禮的沙紀卻對隼人十分冷漠。

（畢竟在月野瀨跟她同一輩的男生只有我一個嘛……）

面對沙紀這位年齡相仿的異性，隼人也不知道該如何相處。

但她是妹妹姬子的朋友，而且她的神樂舞在隼人心中具有相當特別的意義。本以為透過不須面對面的手機訊息，應該能聊上幾句——

（——姬子說得也有道理……）

女人心海底針——這個念頭浮現以後，腦海頓時閃過春希的面孔。

感覺好像能聽見她像平常那樣，用淘氣的笑容罵他「笨蛋」。隼人眉頭緊蹙，將臉的下半部浸到水裡，水面便咕嘟咕嘟地冒出了幾個大氣泡。

隼人過了好一段時間才回到房裡。

「……嗯？」

回到房間後，隼人發現手機有推播通知。他看了發信人欄位，卻是一組陌生的帳號。

隼人疑惑地點開螢幕，發現訊息主旨寫著「我是村尾沙紀」。點開訊息後，就看見「找我有事嗎？」這種語氣冷淡的內容。

看了看收到訊息的時間，居然是將近一個小時前，那時他正好離開姬子的房間。看來沙紀接到消息後就馬上聯絡他了。

（糟糕……）

隼人心想「讓她等太久了」，便開始斟酌字句輸入回覆。

『可以跟妳說句好久不見嗎？雖然有點唐突，姬子昨晚忽然決定要減肥，請問妳知道哪些適合的菜色嗎？那個，畢竟妳是女孩子，應該對這方面比較熟悉吧。』

剛才讓沙紀等了很久，但她立刻就回覆了，還接二連三傳個不停，讓隼人不禁感佩她的打字速度。

『這樣啊。』

『我沒減肥過，所以也不清楚。』

『用「減肥」、「飲食」、「推薦」去搜尋，應該能查到什麼吧？』

每一則回覆都很冷淡。但想想過去在月野瀨時的情況，這也是理所當然的反應。

不過畢竟事關好友（姬子），她才會講義氣地回覆吧。想到這裡，隼人不禁苦笑。

『原來如此，謝謝妳。』

『沒別的事了？』

『如果有其他問題再麻煩妳。』

『這樣啊。』

話題就這樣結束了。沙紀的態度一如往常，不過光是沒被她忽略就不錯了。隼人這麼心想，並伸了個懶腰。

「機會難得，睡前也查一下資料好了。」

隼人依照村尾沙紀的建議上網搜尋，但熱門搜尋全都是超商推薦商品、連鎖餐廳的熱量表，或是跟食材有關的營養素解說。

結果在他四處瀏覽的期間，夜漸漸深了，他的意識也在不知不覺中變得渙散。

「……嗯？我睡著了？」

回過神來，他發現早晨的陽光已經灑入室內。看了時鐘，跟平常的時間差不多。

手機跟電腦不同，躺在床上也能查看，所以他才會不知不覺墜入夢鄉。

「痛痛痛，我的脖子……嗯？」

隨後，他發現手機收到好幾則訊息。

「用蒟蒻絲做的義大利麵、雞胸肉的變化菜色，還有使用大量菇類的蛋包飯……真厲害。可是這些……」

全都是村尾沙紀傳來的訊息。

講義氣的她在訊息裡寫下詳盡易懂的食譜，這樣一來賣相就能加分，春希和姬子也能吃得開心吧。隼人不禁感佩，但這些訊息的傳送時間全都超過凌晨十二點，已經相當晚了。

（因為我說是為了姬子，她才這麼努力幫我查嗎……咦？這個是……？）

沙紀傳來的照片，有一張跟料理截然不同的照片混在其中。

『這是今年祭典的服裝，好看嗎？』

附加在這則訊息的照片，是村尾沙紀在祭典時期才會穿上的特別裝扮——巫女服。除了偶爾會在神社見到的白衣紅褲裙這種經典巫女裝扮，她還披著帶有金線刺繡，感覺十分涼爽的千早外套。頭上戴著髮飾，也化了淡妝。

肌膚白皙的她本來就充滿高雅美感，穿上這套非日常的裝扮後，更能營造出幻想氛圍。

而且她的臉上帶著隼人從未見過的自然笑靨，散發出無限的魅力。就算知道她是妹妹的朋友，隼人還是忍不住屏息。

（這……不不不，嗯。）

雖然不知道沙紀為何傳這張照片給他，但他立刻想起妹妹姬子購入新衣服時向他徵詢意見的場景。

換句話說，沙紀應該也是想問問他的想法而已，千萬不能想歪。

隼人清了清喉嚨，在此刻應該馬上回覆道謝的使命感驅使下，開始輸入文字。

『謝謝妳，姬子也會很開心吧。還有，雖然妳每年都會穿這套服裝，不過真的很適合妳，非常可愛。』

沙紀沒有立刻回覆。畢竟時間還很早，可想而知。

隼人用力伸了個懶腰，便著手進行早上的準備工作。他往窗外一瞥，發現是萬里無雲的大晴天。感覺今天也是從一早就炎熱無比的天氣，他忍不住無精打采地埋怨了一聲。

另外，隔了超過整整一個小時後，隼人才在上學途中收到沙紀回傳的訊息。

『這樣啊。』

內容還是如此冷淡，隼人看了也不禁苦笑。

偶爾這樣也不錯……對吧？

隼人花了不少時間準備不熟悉的便當菜色，到校時間比平常晚了一些。早上的教室還是一樣充斥著吵雜聲。

有些人正在努力補寫不小心忘記的作業，有些人還拿別人的來抄，但跟朋友聊天的比例還是占了絕大多數。

「嗯？」

隼人來到自己的座位時，手機收到了訊息。他疑惑地點開畫面一看，結果是一張茄子的照片，茄子像天狗一樣長出了鼻子。

發信人是三岳未萌。『它是不是在對我擺架子啊？』看到跟照片一同傳來的這句話，隼人忍不住輕笑出聲。

另外還有『它在跟我鬧脾氣』、『後翻上單槓』等歪歪扭扭朝天空逆生長的糯米椒照片。

轉學後班上的清純可愛美少女，竟是小時候玩在一起的哥兒們全都是外型難看的蔬菜。在超市很少見，不過在月野瀨時經常會收到鄰居分送這種不能賣的蔬菜，所以隼人對這些相當熟悉。

隼人心中湧起些許懷念之情，配上三岳未萌獨特感性的發言，讓他笑得肩膀發顫。

「霧島，你怎麼在笑啊？在看什麼，是那個『女孩子』嗎？」

「不是啦，森，我在看蔬菜。喏，你看就知道了。」

「……噗噗，哇哈哈，這什麼啦，形狀好奇怪喔！」

「對吧？雖然在市面上看不到，蔬菜的外型可是五花八門呢。」

「是喔。還有其他類似的照片嗎？」

「嗯～我找找……啊！」

「哦？」

螢幕上忽然出現蔬菜以外的照片。隼人驚慌失措地喊了一聲，森則一副逮個正著的樣子，興致勃勃地說：

「啊～啊～嗯，我懂，我真的懂，霧島。每個男人都愛死巫女了。」

「呃，等一下，森，這不是我的愛好，只是祭典的……！」

巫女的照片正是村尾沙紀，是她今天早上跟食譜一起傳過來的。

但要說明原委又有點麻煩。

「嗯嗯，祭典嘛，我懂。說到祭典的醍醐味，除了巫女，還有女孩子的浴衣啊。」

「這倒是無法否認……這裡的人真的都會穿著浴衣逛祭典嗎？」

「對啊，在地的夏日祭典都會。是說，你以前住的地方不會穿嗎？」

「……根本沒有會穿浴衣的年輕人啊。」

「是、是喔。」

隼人還在苦惱要怎麼搪塞過去，話題就轉向浴衣了，讓他暗自鬆了口氣。

這時，男生們都興奮地聚了過來，似乎對浴衣話題很感興趣。

「浴衣真的有種特別的感覺！光是穿上浴衣，女孩子的可愛程度就會增加五成！」

「髮型也要跟浴衣做搭配。後頸簡直棒呆了！」

「雖然全身包緊緊，看起來卻很性感！」

「呃，沒這回事。」

「沒有沒有。」

「我、我說得沒錯吧，霧島！」

「不、不要問我……」

莫名其妙就演變成男生們的浴衣座談會了。

看樣子在初秋時節，地方自治團體會在公園舉辦夏日祭典，有些男生還對女孩子投以露骨的視線。

隼人也不經意往旁邊一看，卻發現春希滿臉好奇，還用惡作劇般的眼神看著自己，忍不住心生防備。

「呵呵，男人果然都喜歡浴衣嗎？」

「呃，那是……」

春希食指抵著下巴，歪著頭拋出疑問的模樣，就算知道她是打著如意算盤要調侃自己——隼人甚至能聽見「咦～～哦～～是喔～～天啊，男生就愛這一味喔～～」這種隱藏的心聲，看起來還是非常可愛。但也只有隼人會這麼想。

「嗯，那是當然！」

「所以二階堂同學，讓我們看看妳穿浴衣的樣子吧！」

「跟我們一起去逛祭典啊！」

「應該說，請當我的女朋友，跟我交往吧！」

春希那句既像挑釁又像調侃的話，讓四周的男同學high到最高點。看到這出乎意料的反應，春希也嚇得往後一仰。

「對、對不起！」

「欸，你們在說什麼啦！」

「滾開，一群禽獸！」

「妳沒事吧，二階堂同學？」

眼前立刻演變成女孩們出面保護春希，以免被大呼小叫的男生騷擾的場面。

春希似乎也沒料想到這個狀況，嘴裡說著「奇怪？怎麼會？」一邊張望四周。

（唉，真受不了……）

感覺春希最近經常表現出本性中較為粗心的那一面。隼人無奈地深深嘆了口氣，準備和女生們跟森一起制止那群男生。就在此時……

「哈哈，二階堂真的變了。」

「……我沒什麼感覺。」

「該說變得平易近人嗎？還是比以前從容大方……女生之間的傳聞可能是真的喔。」

「傳聞……？」

「二階堂春希交男朋友了。」

「……………………啥？」

隼人發出一聲愚蠢的怪叫，他自己也聽出來了。

他完全聽不懂森在說什麼。

春希最近確實變得不太一樣。

這絕對是一大進步，但在隼人心中，這件事跟她交了男朋友根本兜不起來。

當隼人腦筋一片混亂時，教室入口處忽然掀起一陣微小的騷動。

「請問二階堂同學在嗎？」

「啊，我就是，有什麼事嗎？」

「看吧，說曹操曹操到。」

「那個人是——」

海童一輝。看樣子他有事要找春希，才把她叫了出去。

春希走向海童一輝時，隼人忍不住看了她的臉——就是平常那種二階堂春希（裝乖）的表情，至少不像是被心上人叫喚的表情。說起來，隼人時時刻刻都在春希身邊，春希沒有男朋友這件事，他比誰都清楚。

但不知怎地，隼人心中依舊掀起了惱火的滔天巨浪。

『在女生之間有個非常有名的傳聞。』

他想起昨天三岳未萌說的話。

隼人環視四周，只見女生們帶著看好戲的笑容守護春希，男生們則神情複雜地在一旁觀望。感覺大家已經把這件事當成既成事實了，讓隼人心裡很不是滋味。

那海童一輝本人又是怎麼想的呢？隼人將視線轉過去，但從他的座位看不清海童一輝的表情。

不過他的動作很大，看起來就像是非常緊張，這一點讓三岳未萌說的話更有可信度了。

「——關於社團活動的申請資料，他們要我來問同樣是一年級的二階堂同學……」

「好，那個要去學生會申請。嗯～～我跟你一起去吧。」

「啊啊，謝謝妳。」

看樣子是跟社團活動有關的問題。

不知道這種事為什麼要來問春希，春希與海童一輝已經並肩準備離開教室——隼人瞥見他如釋重負的表情，身體動得比大腦還快，搶先一步追了上去。

「等一下！」

「隼……咦，霧島同學？」

「你是……？」

除了隼人面前這兩位，教室裡也紛紛傳來驚訝的聲音。

此舉實在太不理智。怒火一下子湧上心頭，他就這麼追出去了。春希、海童一輝和周遭的同學都嚇了一跳，但最驚訝的還是隼人自己。

（啊～～可惡！）

但話都說出口了，無可奈何之下，隼人拚命動腦思考下一步。

「那個、就是……你們要去處理社團活動的事吧？呃，我也正好想加入社團，所以想跟你們一起去。」

於是他連珠炮似的拋出這些一聽就像藉口的台詞，動作粗魯地先走到走廊上。

「啊，你走錯邊了，霧島同學。」

「……唔唔。」

被春希糾正後，周遭同學也看出隼人心中的動搖，紛紛傳出憋笑的聲音。隼人臉上的羞紅一路竄到了耳根子。

「那就一起去啊。你不介意吧，海童同學？」

「啊、噢，我無所謂。」

被春希這麼一問，海童一輝也露出五味雜陳的表情，卻也只能如此回答。於是隼人一臉尷尬地追上春希的腳步。

三人在早上班會時間前的走廊上走著。

可能因為預備鈴馬上就要響了，雖然四處都能聽見喧鬧聲，但走廊上毫無人影。總覺得三人的步伐有點快，氣氛也一言難盡。

心情莫名愉悅的春希；心不甘情不願的隼人；以及不知為何會演變至此，一臉疑惑的海童一輝。這時，率先開口打破沉默的人是海童一輝。

「這個時期才要加入社團，滿少見的耶。」

隼人一時語塞。如果「傳言」屬實，隼人就是海童一輝追求春希的絆腳石。但他的語氣十分平靜，表情也看不出惡意或另有意圖，只是單純好奇才開口詢問。

隼人回答的口氣變得有點冷淡。他自己也察覺到了。

「……我是轉學生啊。」

「噢，原來你是轉學生啊。你想加入什麼社團？足球隊（我們）很歡迎你喔。」

「園藝社。」

「……啥？」

他的聲音聽起來就像是萬萬沒想到。

海童一輝用困惑的眼神直盯著隼人看。

擁有175公分以上這種高過平均值的身高，從短袖制服露出的手臂膚色健康，肌肉線條恰到好處。整體身材也很緊實，雖然不像海童一輝這麼結實，卻也像有在運動的樣子。

所以聽到隼人說出園藝社這三個字時，他當然會大吃一驚。

然而這個反應卻讓隼人覺得他瞧不起園藝——瞧不起農務工作，所以隼人一臉不悅地逼問道：

「喂，你是足球隊的吧？」

「嗯，是啊……」

「足球哪裡有趣啊？」

「你問哪裡有趣……一分的價值比其他運動高、自由度高，最棒的還是全體隊員的團隊精神吧……有趣的地方實在多不勝數……」

「園藝跟農務也一樣。」

隼人深吸一口氣，停下腳步轉向他說：

「每天澆水、剪枝、追肥，還要處理雜草和害蟲，費時又費力，是相當繁重的體力勞動。沒想到吧？但只要親自照料，蔬菜也會有所回應，每種蔬菜都有截然不同的個性，長出奇形怪狀的果實時，還會有種賺到了的感覺。喏，你看！種菜真的超級有趣啦！」

說完，隼人便將三岳未萌剛才傳來的天狗茄子和捲捲辣椒的照片拿給兩人看，還一副洋洋得意的樣子。

隼人忽然氣勢洶洶地闡述園藝，應該說種菜的魅力，讓春希和海童一輝都嚇了一跳，只能呆愣地眨眨眼睛。說起來，一個男高中生熱情洋溢地談論園藝這件事本身就很詭異了，難怪他們會如此驚訝。

但接下來春希——「二階堂春希」的行為，更是讓海童一輝嚇得啞口無言。

「啊哈、啊哈哈哈哈哈哈哈！隼……霧、霧島同學，你這麼喜歡園藝啊！嗯嗯，能對一件事投入這麼大的熱情，我也覺得很棒耶！」

「因為我做習慣了嘛，痛、好痛，就說很痛了，不要拍我的背！」

「二、二階堂同學？」

春希像是再也忍不住似的捧腹大笑，隨後又往隼人的背猛拍，而且還是從未在學校表現過的大剌剌的樣子。

二階堂春希是對任何人都溫和有禮，平易近人的好女孩——這是海童一輝對春希的印象，所以他瞪大雙眼，看著春希此刻表現出的意外舉止。

「啊……嗯，咳咳，我們往前走吧。」

「……喔。」

「嗯、嗯，說得也是。」

春希察覺到他的視線後，有些刻意地咳了幾聲。

雖然已經於事無補，她還是拍拍裙襬，變回原先的態度並邁開步伐。變臉速度之快，讓隼人和海童一輝都看傻了眼。

又走不到一分鐘，三人便抵達目的地學生會辦公室。

「不好意——呃，沒人在啊。我想想，我們是來拿資料的嘛，你們在這裡等我一下。」

「好。」

「麻煩妳了，二階堂同學。」

隼人的心情莫名急躁，為了掩飾自己的情緒，他用力搔搔頭看著春希的背影。在置物櫃尋找資料的模樣看不出一絲迷惘。

（她對這種事駕輕就熟了吧。）

看到春希陌生的一面，一股難以言喻的酸苦在心中擴散開來。

「……之前都沒發現呢。」

「嗯……？」

海童一輝低語，彷彿在替隼人說出內心的想法。

「剛剛那樣才是『真正的』二階堂春希嗎？」

「…………天曉得。」

這句提問帶著確認的意圖，語氣中還有近乎篤定的感覺。隼人心中的焦慮越來越強，給出的回答也變得冷漠至極。

（不是不能被發現她在「偽裝」嗎……）

隼人也知道這種想法很幼稚。

但看到春希剛才粗心大意的態度，他實在很想唸上幾句。

「我是海童一輝，你呢？」

「啥？」

「名字。」

「……霧島隼人。」

然而，海童一輝伸出手想跟隼人握手，彷彿對這樣的他充滿好奇。隼人搞不懂他想做什麼，盯著他的手好一會兒。

隼人看向他的臉，只見他笑容滿面，絲毫沒有惡意。

（…………）

謠言就是謠言。而且照理來說，春希的選擇也跟隼人無關。

但他總會忍不住在意，這也是事實。

「幸會，霧島同學。」

「……喔。」

隼人帶著一言難盡的表情回握他的手。

◇◇◇

跟海童一輝在中途分開後，與春希一同回到教室的隼人立刻被男生包圍。

「幹、幹嘛！」

「嗯嗯，幹得好啊，霧島！」

「帥哥對美少女伸出魔爪，而你出面阻止！你是大英雄！」

「很好，今天午休跟放學後有空吧？」

「我得跟你好好聊一聊胸部的話題。」

「也別忘了二階堂同學的兒時玩伴喔！」

他們親暱地摟著隼人的肩膀，情緒異常高漲地黏了過來，但每雙眼都帶著認真無比的光芒，能感受到他們絕對不肯放過隼人的氣勢。

隼人張望四周想尋求幫助，卻只看見無奈聳肩的森，以及用唇語罵他「笨蛋」的春希，不禁垂頭喪氣。他也知道自己一時衝動的行為會招來眾人關切，面對即將到來的追究大會，也做好最壞的打算了。

另一方面，看著隼人陷入窘境的模樣，春希能感覺到自己的心情十分雀躍。

在女生之間流傳的海童一輝的「傳聞」，春希也略知一二。

春希也覺得海童一輝一定很受女生歡迎。畢竟他這麼優質，要找出缺點反而比較難。

但另一方面，依照經驗來看，春希也知道他對自己沒意思。他應該是在「利用」周遭擅自起鬨的氣氛，這一點跟春希有些相似，所以春希才會被隼人無預警介入的行為感到訝異，

而且——

（——奇怪，我怎麼會這麼開心呢……？）

春希對自己的心情產生了疑惑。剛才會忍不住激動狂拍隼人的背，也是因為這樣吧。

但這種感覺其實還不賴。

看到隼人在連續兩堂下課時間被眾人逼問剛才的舉動，春希的嘴角總忍不住上揚。當春希帶著這張笑臉和隼人對上視線，就又露出鬧彆扭般的表情別開臉。

（呵呵。）

因為最近老是被隼人耍得團團轉，春希臉上的笑意不減反增。

然而，午休時間一到——

看到今天二度來訪的那個人，春希的笑容徹底僵住了。

「霧島同學在嗎？」

「海童……？」

海童一輝帶著爽朗又和藹的笑容來找隼人。

不是春希，而是隼人。

對這個突發狀況感到驚訝的不只春希一人，整間教室頓時鴉雀無聲。面對眼前的景象，海童一輝本人也忍不住苦笑。

「……找我有事嗎？應該說，你來幹嘛啊？」

「當然是為了跟你增進情誼啊。你帶便當啊？我可以坐那邊嗎？」

「啊，喂……真是的。」

「嗯嗯，剛剛那種蔬菜的照片，你還有其他張嗎？」

「有是有啦……」

「太好了，讓我看看。」

不過海童一輝自始至終都表現得相當自然，用堪稱天真無邪的態度若無其事地走進將隼人團團包圍的男生群中。

「對了，霧島那邊還有巫女的照片喔。」

「森，你這傢伙！……呃，的確有啦。」

「是喔，巫女很不錯啊，祭典也是。我還喜歡女僕裝呢。」

聽到他這句話，其他男生和部分女生頓時有所反應。

「哦？其實我也很愛護士服。」

「旗袍也很讚耶～」

「什麼嘛，海童跟我們聊得來耶！」

「哥、哥德蘿莉怎麼樣～～？其實我有點好奇。」

「其、其實我也——」

或許是海童一輝意外大方的態度讓眾人拋下成見，除了隼人，其他人也漸漸加入以他為中心的話題。真不愧是萬人迷，充分發揮了他的群眾魅力，春希看了也不禁咂嘴。

但混亂的思緒同時也在心中逐漸生成。

春希不得其解。當她看見隼人跟海童一輝和樂融融地聊著天，心中卻千頭萬緒，不知該如何是好。

而且沒有加入話題的其他人視線都集中在他和自己身上。

「對、對了，我得趕緊過去。」

她並沒有在跟任何人說話，卻故意發出聲音低喃，並從座位上起身。她無法繼續待在這裡了。

午休時間，「二階堂春希總有事情要忙」，因此沒人起疑。

離開教室前，春希又往隼人那裡瞥了一眼，發現他露出有些困擾的笑，讓春希心裡有些掛懷。

春希走出教室，她的目的地只有一個。

舊校舍有間三坪左右的狹長型空教室，是她的祕密基地兼避難所。

「……感覺空間變大了。」

她不禁自言自語。

春希將枕心鋪開，用「鴨子坐姿」坐上去後，慢吞吞地拿出午餐——水煮雞胸肉，吃了起來。

（…………）

不知為何，她總覺得食不下嚥，胸口積鬱不快。

好不容易吞下食物，她看看時鐘，卻發現來到這裡還沒過兩分鐘，午休時間還長得很。

春希看向隼人平常用的另一個枕心，又想起剛才他被大家包圍的景象。

「……隼人也被逮住了呢。」

雖然知道事實並非如此，春希還是有種自己被排擠的疏離感，甚至產生了隼人被搶走的錯覺。

在落寞感驅使下，她不經意將手伸向頭頂——卻想起被隼人撫摸頭髮的感覺，便用力搖搖頭。

（啊～～煩死了！……嗯？）

這時，春希的手機傳來通知。是隼人。

『抱歉，我應該走不開了，今天算「欠妳一次」吧。』

春希皺起眉頭。那種狀況，應該插翅也難飛吧，況且自己前天也沒能從人群中抽身。

「這樣啊……」

意識到只剩下自己一個人時，春希忽然有種心中空了一塊的感覺。

隼人並沒有錯，但春希還是對他有些埋怨。

不一會兒就閒得沒事做的春希離開祕密基地，漫無目的地閒逛起來。

不過她還是得避開別人的目光，能去的地方十分有限。

所以就某種意義上來說，她勢必會走到「那個地方」。

「……啊。」

她在校舍後方的花圃看見一個戴著草帽、身穿運動服的嬌小女學生——三岳未萌。不知為何，春希一看到她就立刻躲起來。

三岳未萌似乎在專心照料花圃的蔬菜，完全沒有發現她。

春希和她沒什麼特別的交集，還不同班，頂多只知道名字。而且春希不想被別人撞見，因此只要盡速離開現場就行。

『種菜真的超級有趣啦！』

但她忽然想起說出這句話——還想加入三岳未萌所屬的園藝社的隼人，內心便騷動不已。回過神來，才發現自己已經走向花圃。

「啊～那個，午安啊，三岳同學。」

「唔咦，霧島……二、二階堂同學！」

春希心想：這女孩還是老樣子，反應像小動物一樣可愛。

這時，春希忽然發現她差點說出「霧島同學」這四個字，胸口頓時一緊。

「呃，那個……」

「嗯、嗯，怎麼了嗎？」

春希一時衝動就喊出聲了，根本沒有事要找她。

所以雖然開了口，卻不知道該說些什麼才好。見春希支支吾吾，三岳未萌也回了個有些困惑的笑。

「有、有點好奇妳在做什麼。」

「我、我在剪枝和除草……」

「啊、啊哈哈～～也是呢～～！」

一看就知道了，根本沒必要刻意詢問。因此兩人都露出苦笑。

「……」

「……」

沉默充斥在兩人之間，氣氛有種難以言喻的尷尬。

春希正在苦惱下一步該怎麼做，同時緊盯著她觀察起來。

她比身高157公分的春希矮了一截，特徵是一頭亂翹的捲髮，有種小動物般的可愛。

仔細一看，她的五官也十分可愛。

（啊，她好像滿可愛的？……跟我完全不一樣。）

難道這就是隼人想加入社團的理由——

「啊～～煩死了！」

「二、二階堂同學！」

一想到這裡，春希忽然大吼一聲。為了揮去內心產生的焦躁情緒，她用力搔搔頭，甚至不在乎髮型變得凌亂。

想當然耳，看到眼前的「二階堂春希」做出這種奇怪的舉動，三岳未萌實在難掩驚恐。她大吃一驚，嚇得不知所措，擔心自己是不是做錯了什麼。

看到三岳未萌嚇得不輕，春希這才恍然大悟。稍稍恢復平靜後，她露出自嘲的笑容。

「啊、啊哈哈，對不起。我剛剛好像變成煩人的怪咖了。」

「怪咖？呃，那個……妳有什麼煩惱嗎？」

「啊～嗯，對啊。該說是煩惱嗎？最近有點……」

「這樣啊……」

春希深深嘆了一口氣。真是的，她都對自己感到傻眼了。

感覺繼續留在這裡就會一直往壞處想——春希這麼想，打算轉身離開。

「種、種菜！」

「……咦？」

「來種菜吧！種菜很棒喔！可以舒緩心情，來，給妳！」

「咦？咦？呃，等一下！」

三岳未萌有些擔憂地盯著春希，隨後忽然將自己頭上的草帽硬塞給她，還一把拉住她的手。這個舉動有些強硬，從她嬌小又乖巧的外表根本無法想像，讓春希嚇了一跳。

來到綻放著紫色花朵的茄子前方，三岳未萌就笑容滿面地將園藝剪刀遞給春希。看樣子是要讓春希嘗試。

「把這裡和這裡多餘的枝條剪掉吧。連花一起爽快地剪下去！」

「呃，這樣要剪很多耶，沒問題嗎？大概三分之一都沒了耶。」

「沒問題，大膽地剪吧。對蔬菜來說，就像剪頭髮一樣。」

「那、那就……我剪！」

春希雖然一頭霧水，還是在她的指導下著手修剪。

她第一次看到這些蔬菜，每個形狀都不盡相同，顯得個性十足。

所以進行剪枝工作時，並沒有非得剪掉哪些枝條的固定答案。若不一一面對，根本不知該從何下手，是有些耗費腦力的工作。

但這也是剪枝工作的醍醐味所在。不知不覺間，春希的額頭也冒出豆大汗珠，臉上跟三岳未萌一樣被土弄得髒兮兮的。但她完全投入其中，一點也不在乎。

「可以一鼓作氣把這邊都剪掉嗎？會不會剪太多？」

「可以啊。這些孩子都很強韌，別放在心上。」

「好～～！呵呵，但這些花都會變成蔬菜耶，想想還真不可思議！」

「對呀，真的很神奇。」

「啊，對了！下次採收的時候……我……」

「請務必來試試……二階堂同學？」

剛才一直沉浸在蔬菜世界的春希，一回頭就看見三岳未萌的臉。她的表情寫滿了溫柔與慈祥。

與此同時，春希也發現自己的情緒有多高昂，感覺整張臉漸漸發熱。

「那個，我……」

「呵呵，妳終於對我笑了呢。」

「啊唔唔……」

這種心思被看穿的感覺讓春希羞得無地自容。看著害羞的春希，三岳未萌帶著微笑移動到她身邊，並將視線移向蔬菜。

「前陣子我遭遇了一些事。當時我難過又痛苦，總是以淚洗面……但我還是會肚子餓，讓我覺得很可笑。我聽人家說，花的一生在綻放後就會畫下句點，但蔬菜是在開花後才正式開始結果……所以一開始，我是基於興趣才踏入園藝世界。」

「三岳同學……？」

「實際試著栽種後，卻發現自己什麼也不懂，培育過程也比想像中困難，但得到的快樂勝過一切……呃，我從剛才就在說什麼啊……那個，總之，該說是找到喜歡的事物才得到救贖嗎……！」

「…………啊。」

三岳未萌有些羞赧地說著自己的事，還將兩手握在胸前說得支支吾吾，但她還是用認真的眼神看著春希，繼續訴說。

她在用自己的方式鼓勵春希。

應該只是看到春希面帶沮喪，才想用她的方式讓春希打起精神，就這麼簡單。春希回望三岳未萌，知道她的眼裡毫無算計與意圖。「二階堂春希」對此再明白不過。

（啊啊，她真是個好女孩。）

看著她為他人著想的單純心思，春希對她改觀了。

同時，心中也萌生近似憧憬的某種情緒。老實說，其中也帶了些許算計。

但春希想更了解她。

「欸，我可以再過來這裡嗎？」

「啊……當然，非常歡迎！」

三岳未萌笑著這麼說，春希覺得她的表情耀眼無比。

放學後。

班會結束，隼人又跟午休時間一樣被森和一群男生包圍。

「嗨，霧島～從這裡搭幾站電車就有一間很大的神社喔。」

「嗯嗯，得去拜見一下換上夏季輕薄服裝的巫女了呢。」

「等等，要不要趁這個機會去一趟女僕咖啡廳？」

「不了，我……呃，女僕咖啡廳？居、居然真的有喔……」

看樣子是想找他去玩樂。隼人對女僕咖啡廳這個詞感到驚訝，但還是帶著求助的表情看向春希。

春希本來想說：「哦～你對女僕有興趣啊。」話到嘴邊卻又嚥了回去。可想而知，要是在這個超級男性的話題多嘴一句，早上的浴衣事件就會捲土重來。

於是她的反應變成「啊哈哈」的乾笑聲，並皺起眉頭，心裡悒悒不樂。

正當一群女孩準備來找春希搭話，森也要伸手攬住隼人的肩膀時，春希還是忍不住打斷了隼人一行人的對話。

「欸，二階堂同學，等一下我們——」

「好啊，雖然有點晚了，今天就在女僕咖啡廳幫霧島辦迎新——」

「霧島同學，呃，那個，關於那件事，你能不能來處理一下？」

春希緊接著說道，像要中斷他們的對話。

隼人、男生和女生們全都訝異地看向春希。先前的喧鬧轉眼就被沉默掩蓋，彷彿不存在似的。

這個行為相當突兀，硬是要給出理由的話，大概是因為心裡很不舒坦吧。但這種理由根本說不出口。

春希自己也相當無措，不知該如何是好。然而隼人這個兒時玩伴在短短幾秒內就掌握了她的意圖，將這個話題延續下去。

「妳是說今天早上的入社手續吧？還缺什麼資料嗎？」

「！對、對啊，麻煩你在顧問老師離開前重新提交。」

「那得趕快修改才行。抱歉，森，我要處理這件事，下次再說吧！」

「咦？啊，等等我啊，霧島同學！」

隼人抓住這個大好機會逃離現場，春希也急忙追在後頭。

春希來到走廊後，教室裡頓時騷動起來。由於音量實在太大，讓她嚇得雙肩一顫。春希跟在走廊上等候的隼人對視後，不禁苦笑，隨後兩人同時跑向校舍玄關。

「春希，妳從以前就只會用同一招耶，跟我剛轉學過來那天一樣。」

「吵、吵死了！我想順便去一個地方，跟我來。」

「喔，好啊。」

雖然正值放學時刻，夏日豔陽仍高掛天空。

春希的目的地是自己家。

「妳說想繞過來看看的地方是妳家喔？怎麼了嗎？」

「嗯～～怎麼說呢……就是想來啊。」

隼人似乎很意外，聲音裡透露出些許疑惑。

「春希？」

其實根本沒什麼事，春希自己也不太明白。說不定是減肥的後遺症，導致糖分無法順利傳達給大腦。

所以她直接將內心的感受說了出來。

「呃，那個，我就是，想繼續跟你一起玩上次那個動作RPG遊戲。」

「……對喔，只有跟我在一起的時候，妳才會碰那款遊戲耶。」

「啊哈哈，就是說啊～」

他們對彼此露出苦笑，動作熟練地脫下鞋子走向房間。

一走進房間，春希立刻打開冷氣，將襪子隨手一扔。隼人也有樣學樣地坐上坐墊，發出懶散的一聲：「呼啊～」

「隼人，你很像大叔耶。」

「少囉嗦，妳有資格說我嗎！」

「唔嘻嘻。」

春希也敞開襯衫領口，把腿伸長放在地板上，因為酷暑而呈現癱軟散漫的狀態。

當春希興沖沖地打開遊戲機時，隼人忽然低聲說了一句：

「……偶爾這樣也不錯啊。」

「唔！」

突如其來的這句話讓春希心跳漏了一拍，也緩緩滲進內心深處。春希回頭一看，發現隼人有些害羞地搔著頭。

（……啊。）

仔細想想，因為這陣子經常去隼人家吃晚餐，很久沒有像這樣順路過來春希家玩了。

此刻這種沒有任何顧慮的氣氛，跟在學校或霧島家時完全不一樣。所以春希將遊戲控制器遞給隼人的時候，臉上也洋溢著孩提時代那種天真無邪的笑容。

「對啊。來，拿去。」

「喔，要記得在姬子肚子餓發脾氣之前趕回去喔。」

「啊哈哈，知道啦。」

他們看著彼此，露出惡作劇般的笑容。

往日的回憶在腦海中閃過。

他們在深山裡發現一大片盛開的牽牛花群生地。

發現可以找到一堆扁平石頭的河濱地帶。

還利用荒廢的神殿打造了祕密基地。

此刻他們臉上的笑容，就跟過去共享這些祕密時一模一樣。

夏日午間的太陽也跟當時一樣閃耀著金燦的光芒。

第5話 可靠的背影

某個午休，得以掙脫課業這個無趣束縛的時間。

姬子就讀的國中也不例外，有人急忙衝向餐廳，有人跟要好的朋友一起在教室吃便當，還有人前往其他班級或社辦，各有各的動向。

姬子也跟許多人一樣熱愛這段休息時間。

她特別喜歡吃便當。在國中小都在同一間校舍的月野瀨，吃的是營養午餐，但搬來這裡後就得靠學校餐廳解決，或是準備便當。

不是營養午餐，而是便當——這是在姬子的認知中，讓她覺得自己稍稍變成大人的最喜歡的部分。姬子真是單純又隨和。

「唔嗯……」

但姬子打開便當的那一瞬間，卻皺著眉發出怪聲。

同班好友鳥飼穗乃香疑惑地看了便當一眼，發現主菜是蛋包飯，周圍還用小番茄及綠花椰加以點綴，是相當常見的便當菜色。

「怎麼啦，姬子？便當看起來很好吃啊。」

「……我不敢吃番茄。」

「怎麼，只是不小心放了妳不敢吃的東西吧。」

「不是不小心，這一定是哥在報復。因為我最近一直嘲笑他做的晚餐賣相很爛，昨天也笑了。」

「哦～等一下！難道這個便當是妳哥做的？」

「嗯，對啊。每天幫我做便當確實很感激啦…………啊～那個，要吃一口嗎？」

「我要吃！」

姬子捱不住穗乃香的氣勢，夾了一口放在她的便當盒蓋上。鳥飼穗乃香目不轉睛地觀察，還發出「哇喔～～」「哦～～」的聲音。

被人這麼好奇地觀察，雖然便當不是姬子親手做的，但因為事關自己的哥哥，還是忍不住害羞起來。

「我要吃了……嗯，這是！豆腐？不，是豆渣嗎！因為加了很多菇類，調味比雞肉炒飯日式一點……啊～討厭，好好吃喔！姬子，妳哥的廚藝很好嘛，應該說好得誇張耶！」

「呃～～他是會做菜，但基本上都是適合配酒的小菜喔。而且早上叫我起床的時候很粗魯，還會擅自進我房間打掃，根本不像妳說的那麼好啦～～」

「妳說……什麼……不僅廚藝高超，會幫妳做便當，早上還會叫妳起床，幫妳打掃房間，照顧得無微不至嗎……」

「穗、穗乃香……？」

姬子原本只想對哥哥平日的行為抱怨幾句，穗乃香卻像某處的心弦被觸動般猛地睜大眼睛，火速探出身子抓住姬子的手。

而且被觸動心弦的，似乎不只她一個人。

「霧島同學，再多說一點妳哥的事。」

「妳哥是什麼樣的人？很高嗎？讀哪間學校？有沒有照片？最重要的是，他有沒有女朋友！」

「如果是霧島的親哥哥，那張臉配上精湛廚藝和體貼個性……分數很高呢……」

「下次休假能不能幫我介紹一下呀！」

「呃，什麼……？」

姬子感到困惑。對她來說，哥哥隼人是個囉嗦、愛管閒事又神經大條的存在。

儘管很感謝哥哥替她張羅三餐，但哥哥毫無時尚品味，放任一頭亂髮到處亂翹，甚至還想戴著草帽去市中心。

所以她實在不懂班上朋友為何對哥哥感興趣。

可是對穗乃香這些同學來說，意義完全不同。

姬子雖然有些俗氣落伍的地方，在她們眼中也算十足的美少女。跟姬子流有相同血脈的哥哥，自然讓她們充滿期待。

「他、他真的沒那麼好耶。明明才大我一歲，卻一副高高在上的樣子，服裝品味也土到不行，根本沒交過女朋友，感覺也交不到啦。」

「嗯嗯，姬子，別這麼說嘛！」

「下次帶他一起來玩呀。」

「可以去唱ＫＴＶ啊！」

「咦～～哥他……呃，ＫＴＶ？不是在集會場或遊覽車上唱的那種，而是有個別包廂的那種ＫＴＶ嗎！」

「「「…………」」」

這次換姬子興奮地探出身子。

在超級鄉下的月野瀨根本沒有KTV，頂多只會在老人家聚會的里民中心設置機型老舊的卡拉OK，完全無法期待最新歌曲。

因此，跟著班上三五好友，而且還是放學後一起去KTV歡唱的畫面，姬子只在故事裡看過，算是她的一大憧憬。

看著雙眼閃閃發亮的姬子，女同學們眼中都充滿了暖意。

「嗯嗯，今天放學就去唱歌吧。」

「去站前那家好嗎？我有折價券。」

「好～～姊姊們會幫姬子出錢喲～～！」

「咦？咦？咦？」

班上的朋友們熱烈地討論起來，絲毫不顧姬子的困惑。

看來今天放學後的行程就此定案了。

夏日的夕陽走得特別緩慢。

四個女孩放學後已經歡唱了整整一個半小時，夕陽似乎還要隔一段時間才會完全西沉。

跟眾人道別後，姬子獨自拖著蹣跚無力的腳步走在站前的商店街上。

「……唉……」

回想起剛才在ＫＴＶ的畫面，她深深地嘆了口氣。

（大家都好會唱喔……）

不僅如此，所有人都表現得習以為常，氣氛也high到最高點。

穗乃香的唱功特別好，還負責帶動大家的情緒。

反之，今天第一次去ＫＴＶ的姬子不僅被觸碰式點歌機搞得手忙腳亂，拿起麥克風時還發出干擾的尖銳噪音。對唱歌方式一竅不通，與其說在唱歌，更像是在唸歌詞。

看到姬子的反應，鳥飼穗乃香等人沒有故意調侃，而是帶著溫柔的笑容看著她——姬子主觀認為她們的笑容不懷好意，難怪會覺得有些沮喪。

（下、下次約唱歌前，得找哥和小春一起好好練習才行！）

當姬子迅速重振精神，鼓起幹勁下定決心時，忽然撞見一個熟人。

「小、小姬！」

「咦？小春………嗯嗯？」

因為是巧遇，姬子正準備出聲喊她，結果跟她穿著同樣制服的女孩們立刻將她團團包圍。怕生的姬子頓時心生防備，肩膀打了個冷顫。

「啊，這個女生！是二階堂同學的兒時玩伴吧！」

「喔喔～她就是霧島同學喜歡的那個！」

「我記得她小我們一歲，現在讀國三吧？那件制服讓人有點懷念耶～」

「啊，身高滿高的耶～修長又苗條，好像模特兒。原來如此，確實不太想把這種等級的美少女介紹給男生認識呢，我懂我懂。」

「呃，那個，不，這個……啊唔唔唔……」

來自人煙稀少的月野瀨(鄉下)，姬子實在不習慣被人群包圍，過去會圍在她身邊的頂多只有雞、羊或狗。

而且對方還是比她年長的陌生女孩，她當然會不知所措。

（小、小春～～！）

姬子用求救的眼神看向春希，春希自己也只是「啊哈哈」地苦笑，反倒想求助於她，一點用也沒有。

「頭髮好柔順喔！咦？妳是怎麼保養的？」

「穿著水手制服有點生澀的感覺，真讓人受不了耶～我的國中制服也是西裝款式，好想穿一次試試看。」

「下次我再借妳穿啦。嗯嗯……我好像能理解霧島的心情了。」

「欸欸，妳平常都跟二階堂同學玩什麼呀？」

完全不認識的年長女孩們用無比好奇的眼眸盯著姬子，往她的頭髮和制服到處摸，還自顧自地聊了起來。姬子僵在原地，不知該如何是好。

她的腦袋和情緒一片混亂，鼻腔深處忽然一陣酸楚。

「真是的，小姬嚇到了啦！妳們別再問了！」

「……啊。」

一頭飄逸的烏黑長髮忽然出現在姬子眼前。

當那道還不熟悉卻又莫名似曾相識的背影衝到自己面前時，姬子下意識緊緊抓住春希的夏季針織衫衣襬。

隨後春希轉過頭，隔著肩膀對她露出令人心安的笑容，彷彿要她不必擔心。那是姬子從小看到大，跟「春希」一模一樣的笑容。

「小姬剛搬來這裡不久，對很多事都不熟悉，麻煩妳們手下留情喔。」

「唔，抱歉……我好像太激動了。」

「我們也有點興奮過頭了……對不起喔。」

「咦？那個，我也是有點驚嚇過度而已……沒、沒關係。」

被春希教訓過後，她們也發現自己的態度有些強硬，便一臉尷尬地向姬子道歉。姬子雖然慌張失措，還是接受了她們的歉意。隨後春希笑容滿面地伸了懶腰，往比自己高一點點的姬子頭上摸了摸。

「嗯，小姬也做得很好喲。好棒好棒。」

「等等，小春，別這樣！我又不是小孩子！」

春希和姬子的互動就像在打鬧。

有點大姊風範的春希，和嘴上抱怨卻對春希充滿信賴的姬子，感覺相當融洽，因此女同學們也只是面帶微笑在一旁觀望。

～～～♪

這時，姬子的手機響了。

「哥傳訊息叫我去買牛奶、優格和醬油……唔，感覺有點重耶。」

「啊哈哈，我會幫妳拿一半啦。那我就跟小姬去買東西了，各位明天見。」

春希笑著跟眾人道別後，就催促姬子離開現場。

留在原地的少女們看著兩人遠去的背影，便同時開始嘀咕。

「感情真好耶。」

「嗯，二階堂同學這種反應，我還是第一次看到。」

「對了，妳們有聽到嗎？」

「那個女生說了『哥』對吧？」

「而且二階堂同學要一起去她家……」

在她們的對話中有個無法忽視的詞彙。

久別重逢的兒時玩伴。

那個女孩的哥哥。

二階堂春希近期的轉變。

少女們看著彼此，想像力加速奔馳。

「「「呀——！」」」

黃昏時分的速食餐廳門口迴盪著少女們的尖叫聲。

在常去的超市採買完畢後，姬子和春希一同走回公寓。

延伸至前方路面的兩道人影，大小跟以往截然不同。

「對了，這是我第一次跟小春一起回家耶。」
「啊哈哈，畢竟讀的學校不一樣嘛。」
「是沒錯啦……對了，小春，妳在學校也是這樣嗎？常常跟那些人玩在一起？」
「沒有，今天只是剛好被她們硬拖著走。隼人也被其他人帶走了……那個，這樣……很奇怪嗎……？」
「嗯～～該說奇怪嗎？只是因為我知道妳私底下的一面，所以覺得不可思議？這麼說來，第一次在超商遇見妳的時候好像也是這樣。」
「好像是耶。嗯，基本上，我在『外面』都是這種感覺。」
「這樣啊。那小春現在的樣子，就是我們之間的『祕密』嘍？」
這只是姬子無心的一句話。
但不知為何，春希卻停下腳步，並眨了眨眼睛。
「怎麼了，小春？」
「！嗯嗯！沒什麼！祕密……嗯，對啊，是祕密喲！」
春希一連說了好幾次「祕密」，臉上還帶著有些雀躍的笑容。
姬子疑惑地歪著頭，但剛才那種似曾相識的感覺讓她有些掛懷，她便忍不住化作言語說了出口。

「不過，真慶幸剛才遇見的是小春，而不是哥。」

「咦？為什麼？」

「我覺得哥在那種時候根本靠不住，而且我記得小春總是會保護我。」

——我就是看著那道背影，才會喜歡上妳啊。

姬子嘟起嘴，將後面這句話嚥了回去。

春希卻大感意外地眨眨眼睛，雙手抱胸發出疑惑的低吟，還用食指抵著下顎。這般可愛又迷人的模樣，從過去那種孩子王的霸道態度完全無法想像。姬子的眉頭皺得越來越緊——就在此時。

「我覺得還好耶。不過隼人在這方面確實很難理——」

「汪！汪汪！汪嗚~~……汪！」

「「！」」

有個帶著茶色和白色斑紋的東西猛然從姬子和春希身邊衝了過去。

是一隻體型偏大的狗，高度及腰，用後腳站立的話或許會比姬子還高。要是被牠撲上身，絕對不可能毫髮無傷。

到底怎麼回事？飼主呢？是不是應該盡快逃開？

面對突如其來的狀況，姬子的腦袋空轉。這時春希將書包丟了過來。

「小姬，幫我拿著！」

「小、小春！」

同時，春希像弓弦被拉緊的箭矢般向前狂奔。姬子還一頭霧水。

不過看到春希背影的另一邊那個嬌小的女孩時，她才終於理解狀況，忍不住屏息。

「危險！」

「咦……啊！」

「汪嗚！」

春希從大型犬的斜後方撲過去，順利抱住後，狗的注意力便從體型嬌小的女孩移向了春希——到這裡為止算是順利解決。

「汪！汪汪！汪嗚……哈、哈、哈、哈！」

「咪呀！」

現場傳來一聲巨響。

大型犬從春希的臂彎掙脫後，立刻翻身壓倒她，跌坐在地的她就這麼被狗壓在身下。

姬子腦海一片空白，嚇得不知所措，心中卻自然而然浮現出哥哥的臉，於是她伸手拿起手機。

『怎麼了，姬子？超市沒賣嗎──』

「怎、怎怎怎麼辦啦，哥！小春被攻擊了，還被壓在地上，情況很危急！」

『！等等，什麼意思，到底發生什麼事了！』

「好、好了～～廉人～～！快放開二階堂同學～～！」

「哇噗、等等，我動不……咪啊啊，不要舔我，不要吃我頭髮！」

「汪、汪！哈、哈、哈、哈、汪！汪汪！」

「……那個，她好像會滿身都是口水，情況很糟，該怎麼辦啊……」

『咦？是狗嗎？口水？到底怎麼回事……？』

在超市附近的住宅區有座小公園，遊樂設施不多。

春希沮喪地駝著背，坐在公園的長椅上聽姬子說教。姬子的視線直盯著春希的腳踝，上頭包覆著沾濕的手帕。

是剛才被狗撲倒時扭傷的，讓姬子氣得柳眉倒豎。

「受不了～～！真是夠了～～！小春從以前就跟哥一樣，做事不經大腦！如果今天受傷的不是腳而是臉，我看妳要怎麼辦！」

「嗚嗚，真沒面子……」

「那個，二階堂同學也是為了救我，呃，可以請妳手下留情嗎？」

「妳、妳別管！偶爾就該狠狠罵一次，否則小春不會聽話！」

差點被大型犬攻擊的女孩子此時出面緩頰。

順帶一提，狗現在搖著尾巴緊挨在女孩身邊，規規矩矩地坐著。這隻名叫廉人的蘇格蘭牧羊犬似乎是她鄰居家養的狗，跟她十分親近。

近距離仔細一看，才發現是個嬌小可愛的女孩。從姬子的視角來看，甚至可以看到藏在捲翹頭髮中的髮旋。她可能剛從超市離開，手上的環保袋還露出了青蔥的蔥綠部分。

然而，看到她身上的樸素草綠色襯衫被豐滿上圍撐起的模樣，姬子的嘴角不禁抽搐。為了掩飾驚慌，她刻意清了清喉嚨。

「對了，妳沒事吧？有沒有受傷？真了不起～～妳是幫忙跑腿買東西，正要回家吧？還有，妳平常都是吃什麼才會這麼大啊？最近的小孩子發育真好耶～～」

「咦？啊，我、我沒事。咦？吃什麼？發育？」

姬子目不轉睛地盯著她的胸部，還用力地狂摸女孩的頭髮，像要吸取她的福氣似的。姬子完全沒發現女孩害羞地動來動去，眼神非常認真。

「對了，妳剛剛叫小春『二階堂同學』啊～妳認識她嗎～～？」

「呃，我們……在學校，一起種菜……」

「啊～小姬，這位是三岳同學，是我的學校同學。」

「…………咦？」

姬子停下亂摸頭髮的手，轉動僵硬的脖子看向春希。結果春希動作誇張地聳聳肩，回她一個幸災樂禍的眼神。

「哎呀呀～難道妳以為三岳同學比妳小嗎？她身上某個部位可是比妳成熟耶～」

「小、小春，妳給我閉嘴！三岳學姊，對不起！而且我還在發育，未來無可限量！」

「是喔～那就好～」

「唔咿咿咿……那副自信滿滿的表情，看了就火大！」

「……啊哈，妳們感情真好耶。原來二階堂同學在校外是這種感覺啊……呵呵，有點意外呢。」

「「！」」

三岳未萌的笑聲讓兩人回過神來。剛才似乎太興奮了，她覺得有點丟臉。

而且，姬子對某件事有些在意。

「啊哈哈，被妳發現啦～～……這樣很奇怪嗎？」

「不，沒這回事！該說這樣比較好相處嗎？那個……」

這麼說來……她忽然想起剛剛發生的事。

春希在同學面前會戴上乖寶寶的面具，剛才卻從一開始就沒有要掩飾的意思。於是姬子恍然大悟地問：

「啊，原來如此。三岳學姊是小春在學校的朋友吧。」

「咦咦？我是二階堂同學的朋友？有這種朋友，該說不敢當嗎……」

「咦？不是嗎？」

然而三岳未萌莫名滿臉通紅，倉皇無措，跟姬子的猜測完全不同。

她歪著頭看向一旁，只見春希也莫名害羞地伸出手。

「朋友……嗯，是朋友啊。在學校一起玩園藝的……對吧？」

「咦、啊，是！沒錯，是在學校一起玩園藝的朋友！呃，那個，這時該說請多多指教嗎？我得把廉人帶回去給飼主，先告辭了！」

「「啊！」」

「汪嗚！」

三岳未萌回握春希的手，力道過猛地上下擺動，整張臉通紅。隨後就帶著這股激動的情緒，拉著廉人跑走了。

整個過程不過短短數秒。春希也苦笑著說：「她還是老樣子。」

「姬子、春希！到底怎麼回事啊！」

「啊，哥！」

姬子看傻了眼。三岳未萌離開以後，緊接著換滿臉疑惑的隼人跑了過來。

他看到春希扭傷紅腫的腳踝，故意擺出傻眼的表情嘆了口氣，並皺起眉頭。

「白痴，搞什麼鬼啊。」

「怎麼忽然這麼冷淡！」

「真受不了妳……過來。」

「！」

隼人沒有細問，只是轉過身在春希面前蹲下。

他的動作太過自然，因此在這一瞬間，姬子心中的大石頓時落了下來。

「那個～～我都幾歲了，讓別人揹很丟臉耶……」

「但妳現在的腳不好走吧？總之先來我家吧？」

隼人硬是揹起害羞的春希往前走，一副理所當然的模樣，看上去莫名協調自然。

孩提時期的姬子也經常在月野瀨目睹這一幕。

春希在山上受傷的時候。

鞋子掉進河裡的時候。

在家裡睡午覺，睡到不省人事的時候。

（……啊，原來如此。）

原來是這麼簡單的道理。

就像姬子看著春希的背影，春希也一直看著隼人的背影。

——從那個時候開始，就始終如一。

姬子將手放在胸前，發現扎在心上的那根讓她隱隱作痛的小刺掉了下來。

「……妳真的比小時候重了很多。」

「真是的，怎麼可以說正在減肥的少女重！混蛋～～！」

「喂，等等，我知道錯了，不要扯我耳朵！」

哥哥和兒時玩伴在眼前拌嘴的模樣一如往昔。

「拜託，哥的神經還是很大條耶！」

「沒錯，小姬，再多罵幾句！」

「好好好。」

姬子嘆了口氣，小跑步到兩人面前。

接著，她背對著兩人往前走去。

她的表情有些落寞，卻已經豁然開朗。

第6話 去玩吧！

萬里無雲的早晨。金燦的夏日豔陽照著柏油路面，熱辣無比。

隼人惱火地瞥了太陽一眼，繼續往學校走去。

「好熱……」

綠意稀少的都市酷熱至極，光是走路就會讓人滿身大汗。

隼人被汗濕的襯衫惹得心煩，穿過校門後便前往有田埂的花圃，路上又再度確認書包裡的入社申請書。

那裡四周毫無遮蔽物，說好聽是日照良好，但此刻才一大清早，就已經像煮沸的熱水一樣熱。

「嗚哇，番茄的莖部長了密密麻麻的突起耶！三岳同學，這樣沒問題嗎？是不是生病了啊？」

「二階堂同學，這是一種叫氣生根的根部。」

「咦？這是根部嗎？」

「是呀。通常在水分或營養不足時就會產生，但番茄本身就是乾燥地區的作物，本來就要調整……」

隼人難掩驚訝。

除了三岳未萌，不知為何連春希也跟著一起和蔬菜拚搏。兩人額頭都冒出豆大汗珠，可能是正在除草的緣故，臉頰還沾上了葉片和泥土。

「……妳們在幹嘛？」

「啊，霧島同學！早安。」

「早啊，霧島同學。你問我們在幹嘛……我在幫忙採收跟照顧……花圃啊。」

這種事看也知道，但他不懂春希為何也在。

她居然徹底顯露只會在隼人面前表現出的本性，還跟三岳未萌十分親近。現在她也邊聊邊幫忙修剪，不時還會問三岳未萌：「這樣剪可以嗎？」讓隼人心裡有些糾結。

（算了，春希開心就好……）

這一幕實在出乎意料，但她們確實感情融洽地一起照料蔬菜。

看著春希開心的模樣，隼人無言以對。

「那個，霧島同學……」

「！怎麼了，三岳同學？」

「番茄長了氣生根，那個，需要處理嗎……？」

這時三岳未萌偷偷問他，神情帶著一絲不安。

番茄的氣生根，指的是在莖桿上密集增生的數十個瘤狀物，老實說有點噁心。剛才她雖然自信滿滿地回答春希，看來還是放不下心。

「最近不常下雨，應該是水分不足吧。別擔心，這不算生病，不會對果實產生影響。而且實際上也很容易長這種東西。」

「這樣啊。太好了……」

聽了隼人的建議後，三岳未萌露出一抹安心的笑容。儘管心裡明白，還是會有點擔憂吧，畢竟親手栽培的作物就像自己的孩子。

揮去心中的憂慮後，三岳未萌喜不自禁地晃著一頭捲髮走回花圃。她的背影真的很像源爺爺養的羊，讓隼人忍不住笑。

「哦～」

「喔哇！春……二階堂。」

春希不知不覺來到他身旁，瞇起眼冷哼了一聲。

她雙手環胸，若有所思地點點頭。來回看了看隼人和三岳未萌後，她深深嘆了口氣並聳聳肩。

「哎呀，三岳同學啊～」

「什麼意思啦。」

春希說完就笑了出來，讓隼人看得一頭霧水。

他皺著眉悄聲對春希問道：

「……那個，這樣沒關係嗎？」

隼人沒有特別指出是哪方面的問題。就算不刻意提示，春希應該也聽得懂。

「三岳同學是個好女孩，那個，是我的『園藝之友』，所以沒關係。」

「是嗎……呃，對了，妳不怕日曬嗎？不做點防護措施的話，會曬得很黑耶。」

「嗚……一、一下下應該還好吧。那霧島同學又如何呢？你也曬得很黑嗎？」

「喂，等一下！」

說完，春希就露出淘氣的笑容，一把掀起隼人的襯衫。

接著她發出「喔喔～」一聲，仔細比對隼人腹部、手臂和臉頰的膚色。

春希突如其來的舉動讓隼人嚇得僵在原地。她那赤裸裸的視線也讓隼人羞得無地自容。

「原來如此原來如此，肚子白得發亮呢，腹白先生。嗚哇，你的腹肌很讚耶！欸欸，可以摸嗎？只要碰一下，碰一下就好了！」

「哇哈哈，不行，不准摸！指尖很癢耶……！」

「啊哈哈，有什麼關係。表面很柔軟耶，感覺好怪喔～」

「喂，快住手啦……二階堂……！」

「咦～摸一下又不會少塊肉，對吧？」

「不是啦！那個！三岳同學在看……！」

「…………啊。」

隼人所指之處，是驚慌失措地摀著臉的三岳未萌。

她的視線從春希和隼人的臉移向隼人的腹部。鮮少目睹異性肌膚的她頓時滿臉通紅，坐立難安。

「那個，呃，感情融洽是很好啦，但這裡是外面，啊唔唔……不、不可以色色！」

「三岳同學……喂，春希！啊～可惡，我都還沒交出入社申請書啊。」

「啊、啊哈哈，抱歉，我好像high過頭了。」

三岳未萌非常純情，看到平常不會輕易顯露在外的異性身軀，就害羞地火速逃離現場。

「……這下怎麼辦？」

「我、我之後再幫你解釋……」

春希略顯尷尬，嗓音中卻帶著一絲愉悅。

她小時候經常露出「搞砸了耶」或「下次會注意啦」這種壞孩子的表情，根本看不出有沒有在反省。

隼人傻眼地嘆了口氣。

「好了，我們也趕快回教室吧，不要遲到了。」

「……好。」

隼人覺得春希的心情似乎比平常快活得多。

早上和春希演了這麼一齣，之後就跟平常沒兩樣了。

到了午休時間。

隼人正準備前往祕密基地時，海童一輝又跑來找他了。

「嗨，霧島同學，午餐怎麼解決啊？」

「我又沒有跟你……喂，不要隨隨便便就坐在我旁邊啦！」

「別這麼說嘛，霧島。」

隨後森也走了過來，隼人就被這兩人堵住了。他們臉上都帶著另有所圖的邪惡笑容，似乎沒打算放過隼人。

（為什麼海童老是來招惹我啊……）

不知為何，海童一輝似乎對他很感興趣。

順帶一提，其他同學不會像之前那樣湊過來了。

『哈哈，我想跟霧島同學聊點男人之間的話題，麻煩女孩子迴避一下。』

前幾天海童一輝提出了這個請求，因此女生便乖乖迴避，以女孩為目標的男生們也像是期望落空般紛紛走開，相當現實。唯獨有女友的森依然會感興趣地跑過來。

總而言之，隼人不懂海童一輝為何如此中意他。從他們認識的契機來看，隼人在他心中的印象應該算不上好。

（而且這傢伙好像——對春希……）

他想起那個傳聞。一思及此，隼人就變成一張苦瓜臉。

不知森和海童一輝是如何解讀這個表情，只見他們互看一眼，用調侃的語氣對隼人說：

「霧島同學，莫非你覺得有女生在比較好嗎？」

「哈哈，海童，這你就有所不知。霧島好像心有所屬了。」

「哦，誰啊？是我認識的人嗎？」

「就是二階堂同學的兒時玩伴——唔唔！」

「喂，森，你這傢伙！」

海童一輝的眼中迸發出光芒。隼人發現森要讓情況變得更加混亂，便拚命阻止。他不想再因為這件事招致眾人的誤解了，他還是會在意周遭的觀感。

而且他現在更在乎春希的反應。

畢竟前幾天午休時間無法順利抽身，所以沒能遵守「約定」。隼人戰戰兢兢地往春希看去，正巧和笑容滿面的她對上眼。她的眼中赤裸裸地釋放出不滿的情緒。

（等一下要是被她碎唸也很傷腦筋啊。）

正當他這麼心想，準備拒絕森和海童一輝時——

「抱歉，今天我——」

「你不是跟我有約嗎？」

「——咦？」

春希忽然接著這麼說，像平常那樣笑臉迎人地打斷隼人他們的對話。

「哦，這樣啊，二階堂同學。」

「是呀，海童同學。」

「等等，喂！」

春希不僅中途打斷談話，甚至強硬地拉起隼人的手。周遭的同學不禁發出驚呼。

眼前的景象實在不可思議，很難不吸引眾人的目光。但春希和海童一輝不顧外界的眼神，分別站在隼人兩側，笑嘻嘻地互瞪彼此。

「你們約好了？大概什麼時候會結束？我可以留在這裡等他嗎？」

「要整理圖書準備室，會花上不少時間，勸你今天還是去找其他人吧。」

「哦，那我是不是也該一起去幫忙呢，霧島同學？」

「這倒不必。那裡空間狹窄，人多也不好處理……對吧？」

「咦？不，那個，呃……」

話題忽然被拋向自己，讓隼人不知所措。整理圖書準備室這件事當然也是第一次聽到。

不知為何，傳聞的中心人物二階堂春希和海堂一輝就像在爭奪霧島隼人一樣。就算不是隼人，也沒人知道該如何回答吧。

（妳、妳的偽裝呢！）

隼人疑惑地看向春希，春希卻回他一個微笑，人膽無懼的眼裡還藏著幾分怒火。

海童一輝則笑得肩膀顫抖，彷彿打從心底覺得春希這樣很可笑。春希見狀，表情立刻轉為不悅。現場氣氛實在難以言喻。

「好，我們走吧，霧島同學！」

「咦？啊、啊啊……」

等得不耐煩的春希表現出不願多談的態度，硬是拉著隼人的手離開教室。

走出教室前，隼人回頭看了一眼，只見森傻在原地，海童一輝則在憋笑。

「哎呀呀～～我被甩了呢。」

隨著海童一輝這句低語，喧鬧聲再度充斥整間教室。

「……他是怎麼降伏這隻妖貓的呢？真令人好奇。」

他這句低語便消失在周遭的嘈雜之中。

如字面所示，圖書準備室就緊鄰圖書室。

圖書室本身跟教室這些地方有段距離，又跟餐廳反方向，因此中午時段沒什麼人影，甚至有些寂寥。

「春希，這個要放在哪裡？」

「先放我旁邊，我待會兒再分類。拿去那裡吧。」

「好喔。」

隼人和春希在圖書準備室默默地工作。氣氛平淡，卻有些尷尬。

他瞥了春希一眼，發現她的脖子和耳朵一片嫣紅。

看來是想到自己剛才的行為，覺得很害羞吧。

（……真是的。）

隼人傻眼地嘆了口氣，並環視四周。

從圖書室的櫃檯後方就能進入圖書準備室。這裡跟隼人和春希平常使用的祕密基地一樣是三坪左右，想必規格是相同的吧。

業者新進的書、歸還後直接堆在這裡的書、長年劣化破損需要修繕的書，雜亂地堆散各處。春希跟他說的要緊事，就是整理這些書籍和處理圖書借閱卡。

數量非常多。如春希所說，是個耗費時間、單純又枯燥的工作。

（難道這也是「偽裝」的一環……）

隼人瞄了春希一眼，發現她的工作手法相當熟練。照這個進度來看，只要分工合作就能馬上做完吧。

由於態度變得從容，隼人便將一直放在心上的事問出口。

「所以，妳今天是怎麼了？」

「什麼意思？」

「不論是今天早上，還是剛才，該怎麼說……」

「啊～～嗯，『不像我會做的事』？」

「……是啊。」

春希似乎也有自覺。她停下手邊工作，帶著有些傷腦筋的神情轉過頭來。

最近的春希變得不太一樣了。

過去她對外界築起心牆，如今卻卸除了部分防備，還備受班上女生們的寵愛，這些隼人都看在眼裡。這對她來說一定是一大進步，隼人的嗓音裡卻有幾分譴責的意味。

「卸下『偽裝』的話不就完蛋了嗎？」

「……嗯～～這個嘛，我也有我的考量。」

「嗯？考量？」

「而且我覺得……應該沒必要繼續偽裝了。」

「是嗎？」

「啊哈哈，但有時候還是會做出長年下來的習慣動作啦。」

「……這樣啊。」

偽裝。好女孩二階堂春希，一直以來都需要偽裝自己。

但這是將春希推上人氣巔峰的主因，也是讓她深陷孤獨的枷鎖。

「欸，隼人，該怎麼說，我不太會形容，嗯～～……」

「妳想說什麼，春希？」

春希忽然喊了隼人的名字，又用食指纏著自己的長髮撥弄起來。看得出她的臉頰泛起紅暈，動作忸怩，不知該如何是好。

春希雖然很害羞，還是心意已決似的開口說道：

「我啊，在各方面都想好好努力。我想改變自己。」

「……是嗎？」

隼人不知該怎麼回答。

改變固然是件好事，老實說，看著春希近期的變化，隼人也覺得是相當不錯的進展。但不知怎地，心中卻積鬱不快。

他皺起眉頭。現在的表情一定很複雜吧。

看著隼人的表情，春希似乎有些羞赧，連忙別開視線，並將眼前的資料收在一塊。

「開、開玩笑的啦！」

「好、好了！把這些放回櫃檯就結……啊！」

「春希！」

或許是因為太過羞怯且心神不定，為了掩飾這份難堪，春希的動作變得急躁，結果不小心被堆置各處的書本絆倒。

就在春希差點往前摔向地面時，隼人在千鈞一髮之際傾身向前，以正面相擁的姿勢接住了春希。隨後他的背狠狠撞上教室拉門。

「好痛！」

「隼人！」

「春、希……妳沒事吧……？」

「嗯、嗯，我沒事！」

「是嗎？那就好……」

就差那麼一點點。

隼人將眼前的春希牢牢收進臂彎之中。

他本該好好享受女性特有的柔軟觸感，以及搔弄鼻腔的清甜淡香——沒想到代價如此驚人。

雖然沒撞到頭，背部的刺痛感卻非比尋常，根本沒時間品味懷裡這位校內數一數二的美少女。

「對、對不起，我身體有點麻，好像動不了了。可以維持這個姿勢一會兒嗎？」

「嗯、嗯，無所謂。」

「抱歉。」

「這、這又不是你的錯！」

春希的臉頰紅到不能再紅了。

這也難怪。若從旁人來看，他們現在的姿勢非常危險。

春希被身體靠在門上的隼人摟在懷裡，而且還是女方從上方跨騎的狀態，或許有人看了會覺得是春希撲倒了隼人吧。更要命的是，他們的身體緊貼到毫無空隙。

儘管心有抗拒，春希還是能強烈感受到隼人的存在，心臟猛烈地跳個不停，好像快爆炸了。然而隼人本身無暇在意春希的異狀。

「你看，學長！我說得沒錯吧，這裡一個人也沒有。」

「真的耶。畢竟這裡也很偏僻嘛。」

「「！」」

這時，忽然有人打開圖書室的門走進來。

從聲音聽來應該是一男一女，而且是情侶。不管是誰，隼人和春希現在的模樣都不能被撞見。於是他們乖乖待在原地，屏住呼吸。

「我們可以在圖書室吃午餐嗎？」

「啊，可能不行吧。但這裡沒有人，可以接吻呀。」

「喂，什麼歪理……嗯！」

「嗯……啾、嗯嗯……嘿嘿嘿，見不到學長，人家好寂寞喔，要補充學長的養分♪」

「怎麼沒見，早上不就見過了嗎？我們每天都會碰面吧？」

「人家又不是那個意思～～！嘴巴真壞，討厭，嗯嗯嗯～～！」

「嗯嗯，等等，喂，不吃飯了嗎？」

「我要先品嚐學長呀～～嗯哼！」

他們不是普通的小情侶，而是笨蛋情侶。掙脫外界的目光枷鎖後，現場再也沒有人可以阻止兩人失控的行為了。

拜此所賜，瀰漫在隼人和春希之間的氣氛變得尷尬至極。

「「……」」

隔著門就能聽見撩動情慾的喘氣聲、含糊的說話聲，不時還有香豔刺激的衣物摩擦聲。隼人和春希都滿臉通紅，祈禱這對笨蛋情侶趕快離開，但他們的恩愛變本加厲，絲毫沒有停歇之意。

情況相當不妙。

隨著背部的疼痛漸漸消退，春希那種和男人截然不同的重量、溫度和柔軟，逐漸從隼人正前方傳來鮮明的感受。

「（——！）」

「（……啊。）」

不能再這樣下去了。

隼人慌張地將緊擁的手臂緩緩鬆開後，春希卻發出小小的難過的聲音，還用濕潤的眼眸緊盯著他，發出寂寞的無聲抗議。

疼痛、春希的柔軟身軀、香甜氣息等各種感受，讓隼人快要瘋掉了。平常他根本不會注意這種事，此刻卻不得不意識到「春希是女孩子」這個事實。

（……啊啊，可惡！）

但隼人認為對春希這個兒時玩伴燃起情慾，是一種嚴重的背叛行為。他不禁覺得自己是個汙穢至極的存在。

隼人靜靜地搔搔頭，發出微弱輕緩的嘆息。

隨後，他盡可能用門後方聽不見的音量，將嘴湊近春希耳邊呢喃：

「（現在怎麼辦？）」

「（！）」

春希被他這個舉動嚇得雙肩一顫。

還用顫抖的小手揪住隼人的胸口。

「（…………了。）」

「（了？）」

「……」

「……」

春希盯著愁眉苦臉的隼人，似乎發現了什麼，轉眼間就變得面紅耳赤。

「……咪呀～～～～～～！！？！？！？」

「「「！」」」

結果她忽然發出害羞的尖叫聲，舉起雙手將上身後仰，一雙眼慌亂地轉個不停。但隼人的驚訝程度也不亞於她。

「喂、喂！妳幹嘛突然叫出聲……會被外面的人發現啦！」

「因、因因因、因為！剛剛我、呃、那個……咪呀～～～！」

「春希！」

春希迅速從隼人身上退開，手摀著臉拚命搖頭，感覺完全不想管門後的狀況了。

「我、我，呃……對、對不起！」

「喂，等一下！」

說完，春希就從圖書室跑出去，整個過程不過短短數秒。

所幸在那之前，那對笨蛋情侶就因為聽到他們的聲音逃出圖書室了。

「……搞什麼啊？」

被留在原地的隼人自言自語。

「……唉。」

現在是下午的古文課。

所有人的目光都聚焦在愁容滿面不停哀聲嘆氣的春希身上。

平常的春希是老師都讚譽有加的優等生。連老師看到上課態度跟平時截然不同的春希，都忍不住開口關切。

「啊～那個，二階堂，是哪個部分聽不懂嗎？」

「咦……呃，並沒有……」

「是嗎……那繼續上課吧。這裡是──」

然而春希只是用含糊的笑容帶過。聽她這麼說，老師也無話可說了。

今天的二階堂春希有點奇怪，這是教室裡所有人的共識。

隼人疑惑地看向春希，春希發現他的視線後便連忙將目光別開，隱約可見的耳朵還染上了淡紅色。

（……不管怎麼想，都是因為剛剛那件事吧。）

隼人也想起午休時間的那段插曲，伸手搔搔頭。

他也想不出什麼好點子，就在這股尷尬的氣氛中上完了古文課。

時間來到放學後。

春希的愁容依舊，或許還對中午那件事耿耿於懷。

不管怎麼說，春希的個性都算直爽乾脆。她從以前就不太會記恨，就算吵架，隔天還是會若無其事地來找隼人玩。

自從他們久別重逢，也發生過好幾次剛才午休時那種危險的狀況。但她從來不受影響，隔天依舊會對隼人露出無憂無慮的笑容。所以隼人實在不懂，為何她只對這次如此掛懷，感覺有點失常。

（……中午的事只是意外，姑且先跟她說我沒有多想吧。）

感覺得跟春希說清楚才行。於是隼人拍拍自己的臉頰重振精神，下定決心後，便試著與春希搭話。

「喂，二階堂。」

「怎、怎怎怎麼了嗎，霧、霧島同學！」

「啊～那個……」

反應太大了吧。開口搭話的隼人嚇了一跳。

這下不僅無法談話，反而就像在對周遭的人說「這裡有問題」。此刻隼人就感受到混雜著嫉妒的男生目光，以及充滿好奇的女生目光直逼而來。

「沒、沒事，還是算了。」

「是嗎……」

然而話題結束後，春希又表現得十分消沉，甚至讓隼人心中湧上了罪惡感。

不過很遺憾，隼人也沒有勇氣在眾人奇異的目光下繼續談話，他的溝通能力也沒有強到能找出安撫眾人的藉口。

（啊啊，可惡，如果他們是超過六十歲的爺爺奶奶，我就能繼續暢所欲言了！）

隼人對缺乏經驗的自己感到氣惱，自覺可悲地嘆了口氣，正想伸手搔搔頭時——有個人拍了拍他的肩膀。

「嗯嗯，霧島同學，沒事，我來處理。」

「……咦？呃～妳是，伊佐美同學……？」

隼人回頭一看，發現是最近常跟春希玩在一起的女同學。她的特徵是一頭明亮髮色和爽朗性格。

她勾起一抹邪惡的壞笑，對隼人比出大拇指後便跑到春希身旁。

「二階堂同學，妳現在有空嗎？」

「伊佐美同學？嗯，可以啊——咪呀！」

沒想到除了她，又有好幾人聚集到態度反常的春希身邊。

「我們也想問妳幾個問題。」

「妳是不是有煩惱啊，好想聽妳訴苦喔。」

「順便跟我們說說那個兒時玩伴，還有她家裡的事吧！」

春希轉眼間就被團團包圍，還能聽見她發出「咪呀咪呀」的慘叫聲。

隼人雖然驚訝，但也不知該如何是好。就算在附近豎起耳朵偷聽，他也跟不上女生特有的誇張又令人眼花撩亂的情況變化，忍不住皺起眉頭。

「哈哈，不好意思喔，我『女朋友』給你添麻煩了。」

「森……呃，女朋友？」

這次換森來拍他的肩膀。那句話有個令人無法忽視的詞彙，讓隼人內心騷動不已。

「惠麻那傢伙老是這麼蠻橫……只能請二階堂節哀了。你看。」

在森的催促下，隼人看向春希，發現伊佐美惠麻正在她耳邊悄聲低語。

春希立刻面紅耳赤，但還是點點頭，隨後就聽見女生們發出「呀～～～！」的興奮尖叫聲。

「不過，二階堂同學難得這麼坦率耶。」

「表示這件事讓妳這麼煩惱嗎？」

「哪、哪有啊！」

接著，春希就在森的女朋友——伊佐美惠麻等人的引導下離開了教室。她似乎急著想辯解什麼，表情像要被帶去賣掉的小牛。

另一方面，伊佐美惠麻臨走前還對隼人和森揮揮手，露出惡作劇般的笑容，彷彿在說：

「就是這樣，抱歉啦。」她跟森的相處模式比起情侶更像摯友，感覺彼此十分知心。

隼人來回看了看她和森的臉，感覺被嚇傻了。察覺到隼人的視線後，森聳聳肩苦笑道：

「我跟惠麻這個兒時玩伴是冤家啊。」

「！這樣啊……」

森這句話讓隼人不禁雙肩一震，心也慌亂起來。

兒時玩伴。隼人和春希如今的關係也能用這個詞來形容。

「對了，霧島。」

「幹嘛？」

「放學後，要不要去其他地方晃晃？」

「……好啊。」

所以隼人也反射性地乖乖點頭答應。

於是他跟森來到站前的家庭餐廳。

現在剛放學不久，店內能看見許多跟他們一樣的學生客人。

「呵呵，啊哈哈哈哈！霧島，你真的是第一次來家庭餐廳喔！」

「……不行喔？」

「哈哈，抱歉、抱歉啦！」

森在桌席區捧腹大笑，坐在對面的隼人一臉不滿地嘟起嘴。因為隼人不會用觸碰式點餐面板和飲料吧，看上去笨拙至極。

隼人驚慌失措地用破音的嗓音說：「這真的可以點餐嗎？」「真的可以無限暢飲嗎？」

似乎戳中了森的笑點。

隼人神情尷尬地喝著冰紅茶。

笑個不停的森好不容易才停下來，隨後像是要重整心情般開口問道：

「所以呢？」

「嗯？」

「中午發生了什麼事？」

「什麼……」

真是直搗核心，又算不上是過於直接的提問。

隼人皺起眉頭，發出「嘶嘶嘶」吸吸管的聲音。

（可是……）

若不說點什麼，森說不定會從春希今天的態度加以臆測，往奇怪的方向亂想一通。於是隼人拚命思考下一步該怎麼做，在腦海揀選詞彙。

「這個嘛，我們在準備室整理的時候，有一對情侶跑來圖書室打情罵俏，然後就，嗯，大概是這樣。」

「是喔～～那確實會滿尷尬的。二階堂明明這麼受歡迎，卻對這種事很不習慣啊？」

「嗯～～她雖然很受歡迎，但好像總是築起高牆，被他人敬而遠之，還說從來沒有被告白過，所以才對這種事沒什麼抵抗力吧。」

「哦～～原來如此。是說霧島，你很了解二階堂耶。」

「有嗎？」

「嗯。畢竟二階堂很少談論自己的事。」

「………哈哈。」

隼人心想「糟糕」，但為時已晚。

森勾起嘴角直盯著隼人。剛剛那番話，就像在說自己和春希之間的關係很特殊。隼人發出尷尬的笑聲，感覺汗水從背後滴落。

這下該怎麼辦——隼人深深嘆了一口氣，用力搔搔頭。

「算了，先不談這些。」

「咦？」

「我跟伊佐美——跟惠麻那傢伙，才交往了三個多月。」

「喔、喔……是喔？」

森忽然轉換話題。

隼人原以為森一定會追問他跟春希之間的關係，因此有點掃興。

「我們從幼稚園就天天碰面，還以為自己對她無所不知……但我好像誤會了。」

「……哦？」

隼人沒搞懂他的意圖。

但看見他異常嚴肅的表情，隼人也無法隨便聽聽帶過。

「她喜歡去電子遊樂場夾娃娃；明明說自己不適合卻很喜歡荷葉邊的衣服；爸媽過敏，卻一直很想養貓……正式交往以後，我才發現自己對她一無所知。」

「……你在放閃嗎？」

「哈哈，沒錯。」

「但我從來沒看過你們在學校曬恩愛耶，不是才交往三個多月嗎？」

森有些害臊地搔搔鼻子，還將眼神別開。

隼人完全猜不到森想說什麼。

「畢竟我們當朋友好多年了，也不會特地一起出門。但開始跟惠麻約會後，我總會發現她新的一面，感到驚訝又困惑……不過這樣我就能更了解她，感覺很新鮮。」

「……這樣啊。」

「總之，我想說的是，一起出遊後就能從各個面向更了解彼此。我不是單指二階堂，改天也跟我們一起出去玩嘛，霧島，你每天都很早就回家了。」

「說得也是，這樣也好。」

隼人覺得他的提議真是多管閒事。

雖然這樣總比胡亂臆測好，一想到森是如何解讀他跟春希的關係，就讓隼人羞得無地自容。他不想繼續深究這一點，便將思緒轉向春希。

（對了，自從上次去買手機之後，我們就沒有一起出門了……）

他跟春希確實每天都會碰面，但也沒什麼特別之處，只是像日常生活那樣平凡地相處。

他忽然回想起過去的事。

月野瀨的山林、田埂路、小河、神社、竹林和附近的工廠，他們將各個地點當成遊樂場，把散落附近的各種東西當成玩具，充滿笑容和回憶。

他可能是學校裡最了解「春希」的人。

春希喜歡捉蟬，喜歡彈珠汽水，還喜歡拿廢棄木材打造祕密基地——但這些都是過去的事了。

他到底對現在的春希了解多少呢？

春希還是喜歡打電動，一天到晚吃超商便當和冷凍食品，便服的品味爛到不行——而且總是孤零零的。偶爾閃現一絲落寞的面容，會讓隼人想起「那個時候」的姬子。

「出去玩啊……」

所以隼人覺得這是個絕佳的方法。

就算地點場景不同，只要像過去那樣玩在一塊，一定能創造出更多笑容和回憶，或許也能稍稍填補隼人和春希之間的空白。

想到這裡，隼人的嘴角也自然上揚——下一秒，他又蹙緊眉間。

「……霧島？」

「呃，那個……」

森見狀，疑惑地開口詢問。

隼人的確覺得森的提議值得參考，其中卻存在唯一的致命問題。

「說到玩，到底要去哪裡玩些什麼呢？」

「啊～～要從這裡教起啊～～……呵呵呵。」

月野瀨根本沒有娛樂設施，隼人休假時不是在玩就是在附近的田裡幫忙。對他來說，這可是個天大的難題。

隼人用充滿怨恨的眼神狠狠瞪著雙肩發顫拚命憋笑的森。

「先走嘍。」

「嗯，我會去看一看。」

因為要準備晚餐，兩人話題大致告一段落後便走出家庭餐廳。

都市夏天的日暮時分，就算太陽早已西斜，熱氣也絲毫沒有消退。走出餐廳後立刻冒出的汗水根本無法風乾，隼人就這麼讓制服黏在肌膚上走回家。

在那之後，森推薦了好幾個適合遊玩的景點給隼人。

有幾個名稱曾經在網路或電視上聽過，但他對細節一無所知，所以毫無頭緒。隼人愁眉苦臉地挑選食材的模樣，在外人眼中應該很詭異吧。

（春希或姬子應該會知道吧？）

相對地，想到這個可能性後，他就自然而然露出笑容，輕輕甩動超市塑膠袋。看來隼人比自己想像中更期待要去什麼地方玩。

「我回來了。」

「你回來啦，隼人！」

「……春希？這是怎麼回事？」

隼人到家後，春希就立刻來到玄關迎接。不知為何，她身上穿著圍裙。是粉彩色系的經典款式，胸前還印了一隻跳起來的三花貓。

「我買的。怎麼樣？好看嗎？」

「那個，呃，嗯。」

「嘿嘿嘿。」

就算被問好不好看，隼人也只能回答好看。

先不論本性如何，春希的外表確實是清純可愛的和風美女。

這樣的春希在制服外頭圍上圍裙後，就充滿了濃濃的居家氣息。而且女孩在玄關迎接自己回家，應該是所有同輩男孩子憧憬的夢幻場景吧。雖然是無意間撞見這一幕，隼人還是忍不住怦然心動。

春希的情緒非常高昂。

不知是因為買了這件圍裙，還是因為在那之後跟女同學們聊過。或許她只是在勉強自己裝出開心的樣子。

不過看到春希恢復以往的樣子，不再像放學後那樣，隼人也欣慰地垂下眼角笑了笑。

春希留意到隼人的視線後，有些害羞地抓住圍裙下襬，但她的眼神格外嚴肅。

「我覺得，隼人最近太照顧我了。」

「有嗎？頂多只有晚餐吧？妳每次都有給我餐費耶。」

「光是讓我吃晚餐就很感激了，你之前還揹我回家。」

「以前我就常常揹妳啊。」

「算了，我早就猜到你會這麼說。」

春希有些困擾地發出「啊哈哈」的笑聲。

事實上，隼人根本不認為自己在照顧春希，感覺就像多了另一個姬子一樣。

「總之，我已經想好了。我會先從能力所及的地方開始做，日後請讓我幫忙準備晚餐，或是其他家務。拜託你了。」

「喂，等一下啦，春希！」

說完，春希就低頭一鞠躬。

她用極其標準的恭敬態度提出了相當正式的請求。隼人活到現在，還沒遇過有人如此恭敬地對自己低頭懇求，而且對方還是他的知心好友春希。

困惑的情緒勝過驚訝，讓隼人倉皇失措，不知該如何是好。

「不、不行嗎……？」

春希抬起頭，看到隼人如此驚慌，便用不安且哀傷的嗓音如此問道。隼人嘆了一大口氣，搔搔頭，下意識將視線從春希身上移開。

「不，我只是太驚訝了……啊～那個，做飯也算是我的興趣，妳不必這麼介意。」

「唔，但我會過意不去啊。」

「就算妳這麼說……」

「而且我是女孩子，又一個人住，提升自己的廚藝跟家事技能也比較好吧？」

「……女孩子？」

「喂，你什麼意思啊！」

「哈哈，感覺很不像啊。」

「咦咦～怎麼可以對美若天仙的少女說這種話！」

「妳好意思自己說？」

「嗯，自己講完都有點毛骨悚然了！」

「哈哈！」

「啊哈！」

聊著聊著，又慢慢變回隼人和春希平常的對話模式。

他們相視而笑，流轉在兩人之間的氣氛舒適自在。

另一方面，隼人也明白春希是認真在拜託自己。儘管聊天內容帶了點玩笑氣氛，春希的手依舊緊抓著圍裙下襬。

「你果然時時刻刻都在照顧我啊，真不甘心……」

「…………啊。」

春希不小心說出了真心話，而且這句話真的很有春希的風格。看到她嘟起嘴像在鬧彆扭的表情，隼人也逐漸能理解她的心情。

這時，隼人將自己帶入春希的立場。

（也對，老是單方面「欠人情」的話，感覺真的滿討厭的。）

從以前開始，他們不管做什麼都在一起，是並肩的對等立場。這麼一想，如今的關係卻總是隼人單方面付出。他似乎能理解春希今天為何會做出這種事了。

「好吧，妳能幫忙嗎？」

「啊……嗯！」

於是隼人伸出手，春希也將手從圍裙下襬移開，握住了隼人的手。

「哥，你是要在玄關待多久啊？而且你們兩個在那裡幹嘛？在聊好玩的事嗎？還不開飯喔？」

這時，姬子有些不開心地走過來，感覺像在鬧脾氣。可能是聽到笑聲過來一探究竟後，覺得自己被排擠了吧。

「哈哈，沒幹嘛啊。」

「喂，哥！不要摸我的頭，頭髮會亂掉！不准敷衍我！」

「啊哈哈，小姬，我們只是在聊制服圍裙看起來很色，隼人應該難以啟齒吧。」

「……哥？」

「喂，春希！呃，姬子！」

姬子冷冷瞪了慌張失措的隼人。

春希則瞇起眼看著他們，彷彿覺得很耀眼似的。

被春希開了玩笑後，隼人連忙衝進廚房，春希也緊跟在後。

今天的主菜是用雞胸肉做的棒棒雞。

用大鍋將肉跟酒、蔥綠一起煮熟，撈起冷卻後用手撕碎，再將洋蔥、紅蘿蔔、白蘿蔔、小黃瓜、番茄和紫蘇葉切成細絲。醬料則是將蔥薑切末，再拌入碎芝麻、醬油、味霖與豆瓣醬。因為切菜的程序很多，相當費工。

但這樣做出來的棒棒雞口感涼爽微辣，是非常順口的夏日聖品。而且低脂高蛋白，也很適合減肥。

再搭配用海帶芽和蛋花做成的中式湯品，今天的晚餐就完成了。

「我要開動了～～啊，哥，我的棒棒雞沒放番茄吧。」

「……看到的話就夾到我的盤子裡。」

「嗯～～好好吃喔。咦？今天沒有飯嗎？」

「有之前買回來放著的微波白飯。」

「我在減肥，今天還是算了吧。」

隼人和姬子像平常一樣吃起晚餐，春希卻在一旁獨自散發負能量。

「唔唔唔……」

「……哥，『那個』怎麼樣了？」

「噢，『那個』啊……」

姬子在他耳邊悄聲問道。

隼人忙著切菜的期間，馬上就請春希幫忙做了一些事。

要春希洗米煮飯，不知為何卻按到了保溫鍵。

要春希更換吸塵器濾網，她卻不小心手滑釀成慘劇。

要春希洗衣服，她卻忘了放洗衣精。

她想幫忙做家事，但老是犯常見的錯誤。基本上春希從以前就挺能幹，從她平常偽裝成優等生的模樣也看得出來。

但她也確實經常像現在這樣處處犯錯，白忙一場。

（對喔，以前她玩新遊戲的時候都會超亢奮，老是在第一關就莫名其妙死掉了。）

隼人想起這件事，忍不住輕笑出聲。

看到隼人的反應，春希再度縮起肩膀。

「啊～～那個，今天這道菜怎麼樣？我是第一次做，合妳胃口嗎？」

「……還差一點。」

「這樣啊，還差一點啊～～」

平常隼人可能會吐槽「是誰教妳這麼會講的啦」，但此刻的氣氛，他真的說不出口。情況比想像中嚴重，他不禁嘴角僵硬。

另一方面，姬子看到春希如此消沉後，一臉得意地點點頭。

「嗯嗯，我懂妳的心情，所以我早就放棄了。」

「可是小姬妳年紀小，又是妹妹啊。我跟他同年耶。」

「啊～～小春還有這種困擾啊～～」

「所以我會努力……今天的晚餐也很好吃，真的很氣人耶～～」

「對啊～～」

「……妳們在說什麼啊？」

兩名少女開始說起讓人費解的話，還對彼此點點頭。

隼人沒聽懂半句，但他今天還有更重要的事要說。

「對了，下次休假妳有空嗎？」

「嗯～～遊戲還要一段時間才要更新，但我得把之前積的遊戲、漫畫和動畫解決。因為最近都泡在你們家，積了不少呢。」

換句話說就是「我有空」的意思。但春希的表情非常認真，讓人看不出她是不是在開玩笑。

「是嗎……不對，如果妳沒事，我在想要不要去哪裡玩。」

「咦？要啊，我當然要去。走吧！」

「喔、喔。不用解決那些東西了嗎？」

「嗯！出去玩更重要啊！」

有夠捧場。

剛才的消沉氣息頓時煙消雲散，春希撐著餐桌探出身子，雙眼似乎還閃閃發亮，情緒變化的速度堪比雲霄飛車。

話雖如此，隼人莫名有種似曾相識的感覺。

（啊啊，對了……）

小時候還在月野瀨時，春希常常像剛才那樣意志消沉、愁容滿面。長大之後，就能猜出是家庭因素導致。

但當時的隼人自然不明白這些事，就只是一直找她出去玩——所以「春希」總是笑容滿面。這也是相同的道理吧。

一起出去玩就能讓她露出笑容，就這麼簡單。隼人搔搔頭心想：要是早點約她出門就好了。

「對了，隼人，我們要去哪裡？啊，難道你找到什麼好地方了嗎？」

「呃，完全沒有，應該說就因為我不知道……春希，妳知道哪裡好玩嗎？」

「唔，我也算是宅家派耶。呃……」

「這樣啊……」

雖然想出去玩，卻不知道該去哪裡，也不知道該怎麼玩。隼人和春希徹底展現了自己的沒用。

然而計劃出遊的兩人臉上莫名洋溢著笑容。

（啊，對了，森有告訴我……）

隼人忽然想起這件事，正準備打開手機備忘錄時。

姬子一臉嚴肅地舉起一隻手。

「好！我想去電影院。」

「電影？姬子，妳有想看的電影嗎？」

「768個座位。」

「………啥？」

「768個座位。那間電影院有個超大影廳，最多可以讓768個人同時觀看。怎麼樣，有興趣嗎？」

「怎麼可能！那不就可以一次容納一半以上的月野瀨居民嗎！」

要在月野瀨看電影，基本上都是租片，不然就是用影音串流平台。換句話說，就是在家裡收看。

真要提最近的電影院，就只有車程兩小時，只比學校教室略大的小型電影院。

所以對隼人和姬子來說，這種大規模的電影院根本是未知的存在，也讓他們充滿好奇。

「你不想看看到底有多大嗎？我好想去一次喔！」

「是啊，這麼壯觀的場面，一定得親眼見識一番。春希，妳要不要去？」

「……咦？啊，嗯，我ＯＫ啊。」

「欸欸，電影院真的有賣爆米花嗎？」

「我更想嘗試４Ｄ體驗……好像有很多種類耶，這是什麼意思啊？」

「…………」

隼人和姬子開始熱烈討論電影院的話題，一旁的春希則瞠目結舌地眨了眨眼睛。

「……啊～～那個，小姬應該也會一起去吧？」

「那還用說嗎？春希，怎麼了嗎？」

「這麼說來，我們三個很久沒一起出門了耶！」

「啊、啊哈哈……嗯，對啊。」

說完，春希就露出尷尬的笑容。

第6話

去玩吧！

第7話 未萌

這天的天空從一早就灰濛濛的。

上學途中，隼人用鼻子嗅了嗅。

（味道很淡，但好像要下雨了。）

隼人皺著眉心想：完蛋了。早上出門前他看了看天空，以為不會下雨，但他確實嗅到了下雨的前兆。這裡的雨水氣味似乎不太明顯，這也讓他感受到城鄉之間的差異。

但不同於灰暗的天空，隼人臉上帶著幾分雀躍，腳步也十分輕盈。

其實隼人對週末即將到來的電影之約充滿期待。

姬子形容的電影院規模已經徹底超越他的理解範圍，可說是未知的存在，近似冒險的情緒也讓他興奮難耐。而且春希也會跟他們一起去。

乾涸的水井、廢棄的單軌列車遺跡、被遺忘在深山裡的神殿——此刻讓他回想起過去出門探索各處的心情，內心更是期待。

「嗨，有什麼好事嗎，霧島同學？」

「唔呃，海童……沒什麼啦。」

但在鄰近學校的大馬路上碰見海童一輝後，他不禁皺起眉頭。

「你的表情看起來超開心的耶。」

「……你多心了吧。」

「哈哈，那就當作我多心了吧。」

「……嘖！」

海童一輝沒把隼人的冷漠當一回事，立刻拉近距離來到他身邊。被隼人毫不避諱地冷淡對待，他卻還是笑盈盈的樣子，不知道在開心什麼。

隼人的反應則完全不同，板著一張臉鬧起彆扭。他知道海童一輝在調侃他，便冷冷地看向海童一輝。

海童一輝的身材修長，比隼人高了一點，還有一身球隊訓練出來的精實肉體。頭髮雖然剪很短，但經過細心打理，跟他爽朗又明亮的眼眸十分搭調。隼人身為同性，也覺得他應該很受歡迎，而海童一輝確實相當惹人注目。

「早啊，海童。」

「早！」

「啊，海童同學，早呀～」

「嗨，大家早。」

現在也是一樣，每個經過的學生都會跟他打招呼，對象不分男女。

他總帶著爽朗笑容回應，因此很難對他留下不好的印象。配上一旁滿臉不悅的隼人，效果應該更上一層樓吧。

他就是這麼受歡迎，完全不輸春希。

其實每次看到他來自己班上，跟男生們熱烈討論有點過火的蠢話時，隼人總覺得有點可惜，又覺得他沒那麼討人厭。

（這傢伙……奇怪……？）

然而走在他身邊時，有件事讓隼人耿耿於懷。

他雖然帶著親切的微笑問候他人，身邊卻一個人也沒有。這讓隼人總會往——那個方向聯想。

「……」

「嗯？我臉上有什麼東西嗎？」

「呃，沒有，只是覺得你很有偶像風範，跟我妹常在電視上看到的那種人很像。」

「偶像啊……哈哈，你真會說話。」

「感覺像在刻意展示熱情的『粉絲福利』。」

「……是嗎？」

海童一輝頓時瞪大雙眼，又一臉困擾地眨眨眼睛。

看了他的反應，隼人發現讓他莫名在意的其中一個問題真相便是似曾相識的感覺。於是他搔搔頭，拋出這句話：

「原來如此，你臉上戴著完美帥哥的面具吧。」

「——唔！」

隼人腳步匆忙地走在前頭，後方傳來倒吸一口氣的聲音。接著他停下腳步，同時嘆了一口氣。

對所有人都和氣相待，卻跟所有人保持距離的感覺——原來就是因為海童一輝像極了「二階堂春希」。

不知道他這麼做的原因是什麼，或許這只是他待人處事的方式。再說，隼人對他並不熟悉，無意深究，也沒有興趣。

但隼人彷彿從海童一輝身上看見了春希的影子，還想起之前跟春希去買手機時，她那閃過一絲落寞的神情。

（啊啊，可惡！）

隼人知道自己那句話既失禮又唐突。海童一輝和春希的緋聞，他不可能置若罔聞，他也搞不懂自己在想些什麼。只是一想到身後的海童一輝是什麼表情，就覺得拋下他不管好像拋棄了春希一樣，讓人寢食難安。

隼人再度深深嘆了口氣，帶著亂紛紛的思緒用力搔搔頭，轉過頭說道：

「喂，幹嘛站著不走啊？我不管你嘍。」

「唔！啊、啊啊！哈哈、啊哈哈哈哈！」

聽到隼人的聲音，海童一輝才終於回神。他一瞬間皺起臉，卻又立刻恢復正常，然後小跑步再次來到隼人身邊。

他的表情帶著驚訝卻又豁然的色彩。被他這樣盯著看，隼人只覺得困惑。

「……幹嘛啦，我沒那方面的興趣喔。」

「真巧，我也沒有。」

「那你幹嘛一直看，我的長相很普通吧？」

「沒什麼，只是覺得霧島同學是個好人。」

「啥！忽然說什麼鬼話啊，噁心死了。」

「哈哈，真的。」

海童一輝由衷感到開心似的笑了起來，還用指尖抹去湧上眼角的淚水。

他就這麼在心情五味雜陳的隼人身邊，繼續往前走。

「還有，謠言只是謠言而已。」

「什麼謠言？」

他將音量壓低到只有隼人聽得見的程度，道出了這件事。

「——就是我跟二階堂同學。」

「……！」

聽他忽然提起這個名字，隼人忍不住繃緊身子，下意識握緊拳頭，瞇起雙眼回頭瞪了過去。

但海童一輝反而迎面接下了隼人的視線，還揚起一抹微笑，似乎覺得十分滿意。

「我對二階堂同學沒有『那個意思』。」

「……是喔。」

「所以你不必放在心上。」

「我、我跟，呃，跟二階堂又不是『那種關係』！」

「哈哈，是嗎？原來如此……哦～～？」

這時，隼人發現海童一輝臉上出現了有點淘氣的表情，一點也不像他。

「……幹嘛？」

隼人對此有種莫名熟悉的既視感。真是的，這小子（海童一輝）跟春希好像——這個念頭忽然浮現腦海，卻又被隼人立即否定。

（我在想什麼啊。）

看到隼人的反應，海童一輝似乎引以為樂，獨自點點頭表示理解。

「我要讓那隻特大的妖貓現出原形……原來如此，不是『那種關係』啊。」

「呃，你說妖貓？」

「我覺得我形容得很巧妙啊。」

「……確實無法否認。」

海童一輝若無其事地略過隼人的視線，用有些調侃的語氣將話題帶過。這方面還是他比較高竿。

這時雨滴開始一點一點落到地面，彷彿連天都站在他那一邊似的。不過雨勢不大，沒必要撐傘。

「快點，霧島同學，我們來賽跑！」

「啊、喂！啊啊，受不了，你是小孩子喔！」

聽他語帶挑釁地這麼說，隼人也忍不住追在後面般奮力往前衝，嘴角還勾起一抹淡淡的笑意。

來到學校走進教室後，這次他看見了心情愉悅至極的春希。

她對周遭眾人露出比平常和藹五成的笑容，拿出教科書準備上課，感覺下一秒就要用鼻子哼歌了。她不時會像想到什麼似的寫下筆記，還心神不定地不停滑手機，一看就知道有問題。此舉也確實引起了外界的好奇心。

「早啊～～妳心情很好耶。」

「……咦？跟、跟平常差不多吧？」

「有嗎？我覺得很像遠足前一天的小學生耶。」

「哪、哪裡像啊！」

看來春希也非常期待看電影的行程。順帶一提，前幾天問她「有沒有去過電影院」時，她語氣堅定地回答：「現在網路上的影音平台多得是啊！」

「哈哈，那就當作我多心了吧。」

「哼！」

春希大聲喊出有些幼稚的抗議，雙頰也鼓了起來。

隼人明白春希的心情，再加上剛才被海童一輝特意提醒，他才忍不住像以前那樣出言調侃。

但他們互瞪一會兒，春希像驚覺了什麼，稍微倒抽一口氣，立刻轉過身走向一直看著他們倆的伊佐美惠麻身邊。

伊佐美惠麻瞪大雙眼，像是看見了什麼珍奇場面。

「伊佐美同學，妳現在有空嗎？」

「咦？啊、嗯……怎、怎麼了？」

「有事想找妳商量一下……啊，鶴見同學跟白波同學也過來！」

「我、我也要？」

「呃，什麼……？」

看到春希平常不會在學校展現出的淘氣神情和氣勢，伊佐美惠麻有點招架不住。除了她之外，其他同感驚訝的女同學也紛紛加入，氣氛便越炒越熱。

（她應該在打什麼歪主意吧……）

隼人有看過那種表情。

以前還住在月野瀨的時候，不論是挖地洞、從中阻擋螞蟻的行進路線，還是讓源爺爺的羊或狗穿上襪子，只要進行諸如此類的惡作劇，她就是這種表情。

看著用狂風暴雨的氣勢將眾人捲進來的春希，隼人搔搔頭，傻眼地嘆了口氣。

隼人的嘴角雖然上揚，胸口卻有股莫名的刺痛感，讓他皺起眉。

「女朋友被搶走了耶。」

「……哪是女朋友啊。」

「呃，我是說我的女朋友惠麻。」

「……」

「嘿嘿，別瞪我啦。」

森來到隼人身邊就對他調侃幾句，讓隼人擺出一張臭臉。

森像平常那樣語氣輕佻地說著「抱歉抱歉」這種道歉的話，並看向春希和伊佐美惠麻那群女孩。

「惠麻找我商量過了。」

「商量？」

「她想知道怎麼跟二階堂變成朋友。」

「……哦，朋友啊。」

「你想想，總覺得二階堂身邊有一堵牆，沒有特別與誰交好，感覺很孤高，但最近變得不太一樣……照這個情況來看，應該是沒什麼問題了。」

「說得，也是……」

隼人將視線拉回來，只見春希那群女孩聊得和樂融融。

真是令人會心一笑的和睦景象，森也瞇起眼睛看著自己的女朋友。

隼人卻依舊愁容滿面。

「霧島？」

「嗯，沒事。」

隼人不明白自己為何會是這種表情，也想不出原因為何。

跟森聊過以後，竟冒出一根刺扎在他的心上。隼人搖搖頭，想嚥下這股情緒，卻始終無法如願。

「森，你覺得呢？女朋友被二階堂搶走了，沒關係嗎？」

所以他拋出這個看似遷怒的提問。

「是啊，希望她這次能成功交到朋友……」

「……森？」

「哈哈，沒什麼，忘了吧。」

「這樣啊……」

森的回答卻充滿了對伊佐美惠麻的體貼，跟隼人有些不悅的嗓音截然不同。那顯然是令人在意的說法。

但看到森那種近乎溫順的表情，隼人覺得繼續吐槽就太不識趣了。

（每個人都有難言之隱啊……）

從森的反應聯想到這一點後，隼人再次搔搔頭，坐回自己的座位。

在放學鈴聲響起後。

「伊佐美同學，我們去那間店吧！」

「嗯，包在我身上！」

春希和伊佐美惠麻從中午就開始策劃陰謀詭計，放學後仍持續進行，可見她們聊得多起勁。

收拾好書包之後，春希忽然得意洋洋地看向隼人，隨後便走向那群女孩。看來是要跟她們一起離開。

「……嗯？」

目送春希的背影離去後，隼人發現手機有訊息通知。看了訊息後，隼人的表情變得更難看了。

「我被甩了，霧島。」

「森，你幹嘛啦。」

「我想跟被甩的夥伴找個地方晃晃。」

「……不了，我回家前要先去一個地方。」

「什麼？要買晚餐啊？」

「不是，是醫院。」

「……咦？」

隼人帶著一言難盡的表情，抓起書包離開了教室。

隼人先回家一趟，收取指定時間送達的包裹。

是爸爸用手機告訴他的東西。

「麻煩蓋章或簽名。」

「……簽名。」

包裹很輕，大小跟教科書差不多，內容物欄位寫著「刺繡組」。

（……復健用的嗎？不會自己拿過去喔。）

看樣子是爸爸替媽媽買的東西。隼人搔搔頭，穿著制服直接前往醫院。

走出公寓時，他抬頭看看天空。此刻下著濛濛細雨，天色有些昏暗。

天空的模樣不如預期，雖然沒必要撐傘，還是讓隼人的頭髮和衣服都溼到不舒服的程度。為了盡快辦完這件事，隼人加快腳步衝進車站。

此處根本就是白色外牆的巨大收容所。

號稱該區規模最大的綜合醫院比隼人就讀的高中更大一些，以獨特的氣派外觀和穩固結構著稱，甚至能感受到「不會輕易把吞進去的人放出來」的自我意識，感覺也像一座大牢。實際上，隼人的母親也被安上了「疾病」這個枷鎖囚禁於此。

來到這裡之後，隼人還是提不起勁。不知是天氣使然，還是醫院這個場所的問題，亦或是對春希與海童一輝放不下心。

另一方面，他確實也有種差不多該見見母親的使命感。幫爸爸拿東西過來，也算是順勢而為。

「……唉～」

隼人嘆了口長氣後，心不甘情不願地去辦理會面手續。回想起來，他們從月野瀨搬到這裡的最大因素，就是要讓媽媽住進這間醫院。爸爸當時也覺得這個決定十分大膽。

隼人心裡有千百個不願意，但搬過來之後，他才能再度見到春希，這也是事實。

（啊啊，可惡！）

他的心境變得十分複雜，也無法好好釐清思緒。

趕快把老爸交代的東西交出去，回去做個超費工的可樂餅，把這股亂七八糟的思緒發洩一番吧——隼人這麼心想便走進電梯，按下媽媽病房所在的六樓按鈕。

「啥？」

走出電梯的瞬間，隼人不禁發出有點愚蠢的怪聲。

他的思考完全跟不上眼前這幕意想不到的光景。

「不行啦，女孩子就該好好整理頭髮才行！妳的捲捲頭正適合這個髮型，讓阿姨表現一下嘛！」

「哈哈！抱歉啊，霧島太太，畢竟我們家沒有女人嘛。太好啦，未萌。」

「啊唔唔唔～～！」

電梯外面就有個會客區。

不知為何，隼人的媽媽正動作俐落地幫三岳未萌梳理造型。

她的祖父和看似同間病房、有點眼熟的一群人，都在旁邊用關懷的眼神看著她們。

媽媽活力十足的表情，跟紅著臉任憑擺布的三岳未萌截然不同。三岳未萌看起來就像被當成玩具似的，卻沒有任何人開口批評，反而看得入迷。

這也難怪。眼看著隼人媽媽用精湛的手藝為三岳未萌梳髮編造型，為未萌帶來了魔法般的奇蹟大轉變，自然會吸引眾人的目光。

事實上，隼人也是入迷的觀眾之一。幾分鐘後，三岳未萌就變得相當可愛，幾乎讓人認不出來。

「雖然過程有點繁複，但結果太完美了。嗯嗯，可愛可愛！」

「喔、喔喔喔，未萌……未萌變成超級大美女……」

「哎呀，未萌，都快認不出來了呢。太厲害了吧。」

「女孩子只是換個髮型，感覺就會差這麼多啊。」

「咦、咦？這是我嗎……！」

用辮子綁出公主頭的造型，將以往的俗氣感一掃而空，反而營造出頭髮捲翹特有的俏麗形象及些許成熟氛圍，連隼人都不禁嘆為觀止。

三岳未萌的祖父感動地合掌道謝，眼熟的那群人不停歡呼讚頌。

隼人媽媽將鏡子遞給三岳未萌。看到改造後的自己，三岳未萌感到害羞又驚訝，隼人媽媽則對她如此靦腆的反應樂在其中。

（呃～～現在是怎樣？）

情況完全超出隼人的預料。

唯一能理解的是，好好打理過髮型的三岳未萌變得比想像中可愛。看到跟平常截然不同的她又羞又喜地綻出笑靨，隼人的心臟不禁狠狠地跳了一下。

「哎呀，隼人，你拿東西來啦。」

「喔、嗯。」

「咦？霧島同學，那個，呃，這是……！」

「唔，你是上次那個小鬼！」

看到隼人這副模樣，媽媽依舊笑容滿面地對他招招手。

為了不讓媽媽看出自己的動搖，隼人舉起抱在手上的東西。媽媽的臉色還是不太好。三岳未萌害羞地躲在祖父身後，媽媽卻硬是抓住她的肩膀，將她推到隼人面前。

「怎麼樣？不覺得未萌變得超可愛嗎？」

「啊～～那個，嗯，我覺得很可愛……」

「咦？啊、啊哇哇、我、那個……！」

「喂，臭小鬼！你竟敢調戲我家未萌！」

被媽媽自信滿滿地這麼一問，隼人下意識將內心想法直接說出來，語氣相當自然，但也是他的真心話。

「啊～～呃，那個……」

「是、是……那個啊……」

跟慌張失措拚命眨眼的三岳未萌對上眼後，隼人也被自己欠缺考慮的這番話搞得心神不寧。於是雙方都將視線別開，對話也毫無邏輯。

媽媽和那群面熟的患者都面帶微笑看著他們，未萌的祖父則是殺氣騰騰的樣子。集這些反應於一身，讓隼人越來越不自在，很想盡快離開現場。

「嗯嗯，總而言之！這是老爸要我帶過來的！」

無地自容的隼人故意清了清喉嚨，想把東西直接塞給媽媽。

就在此時。

「……啊。」

現場發出了「咚砰」一聲。

隨著這個聲音，四周也被沉默吞噬。這本來只是簡單的交接動作而已。

隼人確實將東西放在母親手上，東西卻還是直接應聲落地。媽媽有些茫然地露出困惑的表情，然而那雙無法使力不停顫抖的手就足以讓周遭眾人無言以對。

這裡是醫院，而這個現象更是彰顯出隼人媽媽住院的原因。

「嗯嗯，真討厭，有時候就會這樣。隼人，謝謝你帶東西過來。」

「……小事，不用謝。」

隼人媽媽努力表現出開朗的模樣和嗓音，揮揮剛才還顫抖不止的手，若無其事地笑了幾聲，因此隼人也有樣學樣。

「這樣也能努力復健了。還有……未萌。」

「是、是的！」

「以後妳來探望爺爺的時候，我可以再幫妳做造型嗎？正好可以讓我復健。」

「咦、咦咦？呃，那個，我當然很樂意，可是……」

話題忽然來到自己身上，讓三岳未萌驚訝地眨了眨眼。她的視線在隼人的臉和隼人媽媽的手之間來回，不知如何是好。

平常隼人也會在這時候說點什麼，但經過剛才的意外，他也不知道該怎麼辦，只能回她一個含糊的表情。

現場氣氛變得一言難盡，隼人媽媽卻不顧兩人複雜的心境，拉著三岳未萌的手湊上前微笑道：

「我女兒最近已經不肯讓我梳造型了……哎呀，妳的手好粗糙，皮膚也是……妳有認真保養嗎？這樣不行喔，妳是女孩子耶！」

「啊唔、呃，那個，因為我在栽種蔬菜，所以……！」

這次她又用不再顫抖的手開始摸摸三岳未萌。

隼人媽媽很愛為別人操心，還不知節制。

任其擺布的三岳未萌一臉困惑地看著隼人，似乎想要求救。

「今天先回去吧。」

「霧、霧島同學！」

隼人不知該說什麼，便一把抓住被媽媽擺弄的三岳未萌的手，直接把她拉向電梯。

她似乎也對隼人的行為一頭霧水，但幸好她沒有反抗。

「哎呀，真可惜。隼人，要好好送人家回去喔。」

「臭、臭小子，你想對未萌做什麼！」

「未萌，下次再來喔～」

「好期待妳帶來的蔬菜喔～」

身後傳來眾人語帶調侃的聲音，以及三岳未萌祖父的怒罵聲。

走進電梯後，隼人正準備按下一樓按鍵，才發現自己還牽著三岳未萌的手，於是急忙鬆開。

「啊，抱歉。」

「不會……」

電梯裡只有他們兩人，彼此之間的氣氛難以言喻。

隼人媽媽住院，手部麻木，還要復健。

三岳未萌雖然被媽媽當成玩具，應該也對這幾件事相當在意吧。

此外，媽媽跟她的祖父似乎也相處融洽，或許是同為入院病患才會越走越近。看來日後跟三岳未萌接觸的機會勢必會增加。

（該怎麼辦呢？）

隼人垂下肩膀嘆了口氣，偷偷瞥了三岳未萌一眼，不禁屏息。

「！」

剛才被媽媽和周遭眾人牽著鼻子走，現在像這樣重新審視後，隼人才發現她的感覺跟平常差了十萬八千里。

平常看到嬌小的她努力照顧蔬菜的樣子，感覺很像小動物，總讓人會心一笑。但像這樣將頭髮梳理整齊後，雖然看來仍有些稚氣，帶有弧度的捲髮卻營造出成熟的性感魅力，以及充滿蠱惑的氣息。

感覺跟以往截然不同的三岳未萌將緊握的手放在胸前，看著隼人的眼神還透露出一絲在意。隼人也是健全的青春期少年，很難不為之心動。

（女孩子只是改變髮型，形象就會差這麼多啊……）

隼人將視線從三岳未萌身上移開。為了掩飾心中的感覺，他開口說道：

「呃，對不起，我媽很不講理。」

「我是無所謂。那個……霧島同學，你媽媽也住院了啊。」

「所以我才會轉學過來。」

「霧島同學『也是』啊……那做飯也是因為……」

「那個，雖然我媽說了那種話，如果妳不喜歡讓她弄頭髮，我再跟她……三岳同學？」

「…………」

不知為何，三岳未萌神情嚴肅地低下頭沉吟。電梯裡的氣氛愈來愈沉重。

實在毫無頭緒。隼人本來就缺乏跟同輩女孩相處的經驗，根本無法猜測她此刻的心情。

隼人尷尬地皺起眉，正準備伸手搔頭時，眼前梳理整齊的頭髮竟搖曳起來。

「那、那個！」

「！」

三岳未萌忽然把臉湊近。

看到那張可愛的臉蛋突然逼至眼前，隼人不禁後退了幾步。

「我覺得你太辛苦了！如果有我可以幫忙的地方，請你儘管開口！」

「喔、好。」

隼人一時間沒聽懂三岳未萌這句話的意思。

雖然有些辭不達意，看了她嚴肅至極的眼神和緊握在胸前的雙手，還是能感受到她為隼人著想的心情。

（……啊。）

思考了一會兒，隼人終於明白她的意思。對高中生來說，沒有母親的生活實在很辛苦。可見三岳未萌也很愛為別人操心。

而直接面對這份真摯的心情時，隼人內心這股騷動讓他不知如何是好，因而感到驚慌。

「啊，到了。」

「是呀。」

這時正好傳來抵達一樓的電梯語音。

逮到機會的隼人逃也似的衝出電梯，三岳未萌卻像跟著領隊的羊一樣，踩著碎步緊追在後。

這裡畢竟是醫院大廳，隼人便放慢腳步停了下來。他搔搔頭回頭一看，只見三岳未萌臉上充滿了幹勁，迫不及待地等著隼人提出請求。

（……真傷腦筋。）

老實說，他很感謝三岳未萌的好意，但真的不知該怎麼做才好。所以為了帶過這個尷尬的氣氛，他語帶含糊地說：

「我一時間也想不到，有問題的話再麻煩妳吧。」

「那個，我對家務和文書方面都很熟悉！有機會一定能幫上忙！」

「有機會……？」

「因為你教了我很多種菜的知識啊！」

「啊啊，原來如此。到時候我就不客氣了。」

「好！」

看來三岳未萌對隼人幫忙園藝社種菜這件事十分感恩，所以隼人也能理解她的心情，但不知為何又有種類似奇特既視感的突兀感。

（奇、怪……？）

腦海浮現出「當時」年幼的妹妹姬子。

雙眼無法聚焦，眼睛紅腫，臉頰還掛著乾掉的淚痕。在倒地的母親身邊，只能無能為力地呆站著的那個年幼的妹妹。

這是過去的記憶，也是這起事件才塑造出隼人現在的性格。

那是他們第一次發現母親昏倒。

（為、什麼……）

隼人沒有忘，也不可能忘。

但為何平常深藏並掩蓋於心底的記憶，會忽然狂湧而出呢？隼人一點頭緒也沒有。

一道冷汗滑過他的背。被喚起的這個記憶讓當時的無力和焦躁感頓時閃過隼人的腦海，導致他站不穩，用手撐住額頭。

「霧、霧島同學！」

「呃，沒什麼，我沒事，三岳同學。」

「可是你的臉色……」

「哈哈，可能是被醫院的陰鬱氣息影響了吧。」

「……是嗎？」

隼人依舊眉頭深鎖，若無其事地對三岳未萌露出一抹笑容。但她神情凝重，眼神動搖。

感覺心裡不太舒服，卻又搞不清楚那是什麼。眼下這個狀況，似乎更加深了她想關照隼人的心情。

「沒事，有問題的話會再找妳幫忙。」

「不要逞強喔。」

說完，兩人就繼續往出口走去，彼此間的氣氛依然難以言喻。

「……糟糕。」

之所以會說出這句話，不只是因為下意識表達出這種心境，也是因為外頭真的下起雨來了。

儘管雨勢不強，不撐傘還是會有些麻煩。

隼人皺起眉頭，三岳未萌卻立刻用精神百倍的聲音說道：

「我有帶摺疊傘！」

她那開朗的笑容就像在說：「馬上就有機會可以幫你了呢。」

於是隼人有些為難地回答：「可以麻煩妳嗎？」

日暮時分的街道上，淅瀝瀝地下著雨。

隼人和三岳未萌並肩走著，各自的單邊肩膀都稍稍被雨淋濕了。

直接從學校過來的三岳未萌書包裡常備的折疊傘還算大，粉彩色系的傘面上還有綿羊和白雲的圖樣，非常可愛，整體設計很有她的風格。

跟同年齡的女孩共撐這種可愛的傘，足以讓隼人的臉染成一片羞紅，但光是不會淋成落湯雞就謝天謝地了。他在心中向自己妥協，並朝著車站走去。

「……每天都在一起的家人，某天忽然不在家了，感覺很不好受吧。」

「三岳同學……？」

三岳未萌若無其事地呢喃了這麼一句。她依舊往前看，所以看不清她的表情。

或許她真的是在自言自語。

也可能是無意間脫口而出的真心話。也許因為對方是隼人，兩人同為至親住院的夥伴，又或者是因為這場雨。

「……」

「……」

在那之後，他們沒有繼續說話，只是聽著雨點敲打傘面的滴答聲繼續往車站走。

聽到三岳未萌有些落寞的呢喃，隼人心中的羞恥頓時煙消雲散。

隼人也在她拚命想幫忙的這股意志體會到她的逞強。不知怎地，隼人就是看得出來。得說些什麼才行——隼人這麼想，卻始終找不到合適的言語。

隼人搔搔頭並瞄了她一眼，腦海忽然浮現出姬子氣惱又傻眼的表情——這才發現自己還沒開口。

「啊～～那個，三岳同學。」

「嗯，怎麼了嗎？」

「這個髮型很適合妳。跟平常相比，我覺得現在這樣可愛多了。」

「咿呀！」

過去隼人住在幾乎沒有同齡孩子的月野瀨，因此當姬子添購新衣或換新髮型時，經常會徵詢他的意見。

依據過往經驗，隼人知道只要具體說出優點就能討她歡心。

「因為把頭髮紮起來了，整張臉輪廓看起來清爽又漂亮。隱約可見的捲翹髮尾蓬鬆可愛，同時也有種成熟的韻味。」

「啊唔，那個……哈唔唔……」

「所以，我覺得妳以後可以繼續嘗試這種髮型——呃，三岳同學？」

「……咿……」

「咿？」

隼人只是想說些鼓勵的話，就像過去討姬子歡心那樣。

但看到她的臉頰與耳際都染成一片通紅，隼人才終於發現自己的發言有失妥當，但已經太遲了。

「咿呀啊啊啊啊啊啊啊啊啊！」

「啊！」

三岳未萌彷彿再也忍不住，衝進了細細的小雨中。

只剩隼人留在原地，手裡還拿著她那把可愛又夢幻的傘。

再走幾步路就到車站了，該說是不幸中的大幸嗎？

「真糟糕……」

隼人這聲低語漸漸消失在周遭的雨聲中。

第8話 因為很特別

「啊，你回來啦，隼人。」

「哥、哥！」

「我回來……了……？」

從醫院回到家，隼人立刻感受到奇怪的氛圍，於是皺起眉頭。

眼前是在客廳桌邊盯著姬子讀書的春希。

最近經常看到這一幕，但春希感覺跟以往有些不同。

她露出文雅的笑容，挺直背脊，用眼神和手指掃過教科書的模樣，完全就是平常在學校那種裝乖的態度，跟渾身不自在又駝背的姬子有天壤之別。

「你要準備晚餐了嗎？我也會幫忙，今天要做什麼～～？」

「……豆渣可樂餅。」

「是炸物嗎？熱量沒問題嗎？」

「我會用烤箱做，不會用到一滴油，應該還可以吧？」

「哦，這樣啊。」

春希莫名笑盈盈地留意裙襬站了起來，興沖沖地穿起圍裙，舉手投足間都充滿清純可人的氣息，跟平常那種散漫的樣子截然不同。隼人方才感受到的不自然因此轉變為困惑。

她的心情似乎很好。

從她的談吐看來，也不像在裝模作樣。

「我去洗手喔。」

「啊，好。」

看著春希的背影，他和同感疑惑的姬子四目相接。

「……那是怎樣？」

「我、我才想問呢。小春今天在學校發生什麼事了？」

「我哪知道。看起來好像在打什麼壞主意。」

「唔唔～～感覺背脊竄過一陣寒意！」

「我也是。」

隼人和姬子都打了個冷顫。

不知道春希葫蘆裡賣什麼藥，那種態度只讓人覺得詭異。
「隼人～～？」
「噢，我馬上過去。」
姬子瞇起眼對隼人示意「想想辦法」，但隼人選擇視而不見，聳聳肩後便朝廚房走去。
在廚房待命的春希早已準備好各式廚具，臉上還帶著爽朗的笑容，渾身散發出不同以往的凜然氣息。仔細一看，今天連襪子都沒有脫。
隼人也對春希的變化十分好奇。
「到底怎麼回事？發生什麼事了嗎？」
「啊，還是看得出我跟平常不一樣？」
「怎麼可能看不出來，姬子也一頭霧水。」
「很好奇嗎？」
「是啊。」
「可是不能說，還得保密，嘻嘻。」
說完，春希就用食指往隼人的鼻尖點了一下。
與其說她的表情像在謀劃什麼，更像是完成某種使命的勇者，或是更進一步大澈大悟的賢者，還莫名有種高高在上的感覺。

「………煩死了。」

「呵呵。」

看來她沒打算說，連隼人這聲抗議，她都若無其事地帶過。

隼人知道這種時候的春希絕對不會輕易鬆口。

見春希態度如此，隼人心中的焦躁感早已勝過疑問和困惑，於是他放棄抵抗般嘆了口氣，便著手準備料理。

今天的晚餐是用烤箱製作的豆渣可樂餅。

將馬鈴薯及南瓜放入裝滿水的大碗，包上保鮮膜後用微波爐煮熟。趁將根莖類放涼的期間，把切碎的洋蔥、高麗菜、豆渣和雞絞肉用平底鍋拌炒，當然也沒忘了用酒、味霖和醬油調味。

將兩者混勻捏製成型後，再用另一個平底鍋煎至金黃色，鋪上乾煎過的麵包粉後就能送入烤箱。烘烤期間用高麗菜絲及剩下的蔬菜做成味噌湯，再端出餐桌上的老朋友淺漬茄子，晚餐就大功告成。

「久違的炸物，我要開動了～～！好燙！哥，給我水！」

「姬子，妳啊……」

「我也開動了。嗯嗯，今天也很好吃呢，隼人。」

「喔、喔……」

吃晚餐的時候，春希的態度依舊。

高雅地動筷品嚐食物的模樣優美，感覺卻有些突兀。

隼人一臉疑惑，還是先問了其他更在意的事。

「對了，週末就快到了，妳們決定要看哪部電影了嗎？」

「……啊。」

姬子呆呆地喊了一聲。去電影院這件事本身已經確定，但那就只是個目的而已，還沒決定要看什麼電影。

「嗯～～硬要說的話應該是《那由多之刻》吧？」

「偶爾會在電視上打廣告那部嗎？那是……」

「對，就是最近那部《十年孤寂》的導演和主演田倉真央再次合作的電影，所以也引發很大的話題——」

「——！」

田倉真央——對這個名字產生反應的春希雙肩猛然一震。

這反應轉瞬即逝，因此姬子沒能察覺。隼人之所以會發現春希的異狀，也是因為她前陣子看到田倉真央時的反應有異，才讓他有些掛懷。

「啊～那個，姬子——」

「——我有個提議。」

眼前的狀況自不待言，但也不能擅自揭人瘡疤大肆宣傳。

因此當隼人想不著痕跡地將話題帶開時，春希卻帶著異常嚴肅的表情舉起手說：

「我想看Ｆａｉｔｈ劇場版第三章。」

方才為止的優雅態度頓時消散，她渾身都充滿了莫名的威嚇感。

Ｆａｉｔｈ——這部大作是以很久以前某部限制級電腦遊戲為原作，其獨特的世界觀多年來收穫了不少擁護者，現在更是發展出外傳故事及承繼世界觀的動畫、漫畫及遊戲等諸多媒體。隼人雖然不太熟悉，也接觸過幾部作品。

隱約能從春希的表情看出她是狂熱粉絲。

「我也沒其他特別想看的電影，就這部吧。」

「是現在在播的動畫嗎？我只聽過名字而已耶，而且還是第三章，直接從這部看的話看得懂嗎？」

「……咦？小姬，妳沒看過Faith嗎……？」

「好看嗎？我之前是有點興趣啦～」

「……是喔。」

聽到姬子的發言，春希頓時像無法置若罔聞般瞇細雙眼，隨後「喀」一聲放下筷子。

她面帶微笑，眼神卻毫無笑意，再加上先前那種莫名其妙的和風美人模式，看起來更有壓迫感。

「小姬。」

「什、什麼事？」

「這部作品非常精彩，還會讓人熱淚盈眶。沒看過的話，妳這半輩子算是白活了。」

「小、小春？」

春希緩緩來到姬子身邊，動作熟練地操作霧島家的電視遙控器，連上影音串流平台。

「妳看，因為第三章上映了，劇場版第一章和第二章也上架了喔，連電視版的全系列都有耶。我個人最推薦第二季，簡直神作。不僅戰鬥場面超棒，主角一路走來的歷程更是感人，看了絕對會淚流滿面，我不知道哭多少次了。」

「是、是喔，原來如此。可是現在正在吃飯耶，先吃吧？」

「嗯嗯，光是第二季的動畫OP就能讓我吃三碗飯，根本是配飯神器。」

「那、那個，小春……？哥、哥！」

「……啊～～今天的淺漬醃菜好像有點鹹耶～～」

這就是傳教。

遇上對作品感興趣的人就抓住他的腳將其拖入泥沼，是阿宅特有的本能行為。

見春希性情大變，姬子本想唸幾句，春希卻完全聽不進去了。依據過往經驗，隼人知道春希一旦如此，說再多也是枉然。

而且他也看出春希顯然是故意要炒熱氣氛，只能暗自低頭苦笑，在心中為姬子默哀。

「有時間的話，也推薦妳玩玩看原作遊戲！不是普遍級的版本，要玩限制級的！幾乎沒什麼情色要素，就算有，也是為了凸顯作品的世界觀，那些情色──」

「我回來了～～咦？妳是……」

「──情色……那個……情……色……」

「「「……」」」

正當春希開口不離情色二字的瞬間，有個跟隼人和姬子有點像的壯年男性走進了客廳。

他就是隼人和姬子的父親和義。

雖然鮮少在家，他依然是這個家的一家之主。從他手中的紙袋還能看見皺巴巴的上衣，可見是回來拿換穿衣物吧。

在這個時間點跟春希碰面，可說是糟糕透頂，尷尬至極。

久久不見的童年玩伴的父親就在眼前，閉月羞花的女高中生卻開口閉口都是「情色」二字，任誰都會不知道該如何應對吧。

在如坐針氈的氣氛下，隼人故意咳了一聲並且開口，試圖改變氣氛。

「啊～老爸，那個，我之前在訊息裡跟你提過，這位是——」

「好久不見，叔叔——我是二階堂春希。」

「「「——！」」」

春希露出清純可愛的笑靨，輕輕點頭致意後，現場氣氛轉眼就變得凜然正經。不僅是隼人和姬子，連和義都不禁屏息。

挺直的背脊，文雅的舉止，配上唯獨今天端正整齊的制服穿著，完美體現出清純可愛和風美人的「面具」。

「唔，春希，感覺好像變了個人耶……」

「呵呵，畢竟過了七年嘛。」

「呃，妳跟隼人和姬子……」

「我們的感情非常好喲。」

既模範又理想的問候方式，對付兒時玩伴的父母算是可圈可點了。以精心計算的對話帶動他人，支配全場動向——春希正在一步步展開這樣的偽裝（演技），讓隼人和姬子都無話可說。

餐桌景象，一如以往。

有「家人」和春希在的客廳，一如以往。

像剛才那樣有點愚蠢的對話，也一如以往。

所以隼人對眼前這個「二階堂春希」非常反感。

「那麼春希，之後也麻煩妳多多關照他們了。」

「別這麼說，我才要麻煩他們——」

「幹嘛忽然這麼畢恭畢敬啊，剛才不是還在聊什麼情色話題嗎！」

「——咪呀！」

「隼、隼人！」

「哥！」

隼人忽然用雙手捏住春希的臉頰。看著驚慌失措、淚眼汪汪的春希，隼人嘴角勾起一抹竊笑，同時也感到驚訝。

（怎麼又彈又軟啊……）

捏起春希的臉頰後，才發現彷彿能吸附手指的細膩肌膚竟帶有麻糬般的彈性，可以自由自在地變化形狀。隼人不禁對這種觸感深深著迷。

春希用表達抗議的眼神瞪著他，還發出「咪呀！」的叫聲。隼人的惡作劇心態頓時節節攀升，一發不可收拾。

「哈哈，居然能拉這麼長耶。」

「噢蒠喔，穩人～～！（夠了喔，隼人～～！）」

隼人根本不在乎周遭的目光，完全沉浸在玩弄春希臉頰的世界裡，簡直就像小學生在捉弄喜歡的人。

他都已經是高中生了，實在不該這麼幼稚。看不下去的姬子正準備制止——

「喂、好了啦，哥！怎麼可以捏女生的臉——」

「看我的！」

「啥！」

「小春！」

但春希也不會一直受制於人。

「唔咿咿！」

「咕唔唔！」

春希要反擊似的回捏隼人的臉頰，死命揉捏挑釁。隼人也像要回敬一般，拉開她的臉頰並用力扭按。

根本就像小孩在打鬧。隼人和春希都不肯認輸，彼此卻都帶著笑容，還不停幼稚地互嗆：「吃我這招！」

姬子本想上前制止，但看到隼人和春希的反應，就沒勁地傻在原地，深深嘆了口氣。

「哈哈！啊哈哈哈哈哈哈哈哈！」

「老啊？（老爸？）」

「無無？（叔叔？）」

「爸？」

這時，隼人和姬子的爸爸和義忽然哈哈大笑起來。他露出打從心底覺得好笑的表情捧腹大笑，視線不停在隼人和春希之間來回。

「啊，抱歉。我只是覺得，你們的感情還是跟以前一樣好。」

「最、最好是啦。」

「呃，那個，是那個啦，那個！」

「哥、小春……」

被和義這麼一說，隼人和春希立刻慌張地鬆開手，面紅耳赤地提出反駁，而姬子只是傻眼地不停嘆氣。

「啊～老爸，要吃晚餐嗎？之前沒聽你說要回來，不過飯菜還有剩。」

「那就不客氣了。」

和義就座後，隼人就拿準備晚餐當藉口迅速逃進廚房。姬子則是一臉傻眼地放下筷子。

「我吃飽了，謝謝招待！」

「你、你們這兩個叛徒～～！」

吃完晚餐後，姬子就回自己的房間了。

◇◇◇

飯廳內只剩下春希與和義。

現場氣氛依然尷尬，感覺卻跟方才截然不同，因此春希緊張地繃緊全身。

霧島和義——這位「月野瀨的大人」，知道春希的祖父母和田倉真央的事情。

說不定他對我的印象不太好——這個想法掠過春希的腦海。

但看到春希緊張的模樣，和義又看了一眼重新回到廚房準備晚餐的隼人後，忍不住輕笑。隨後他再次看向春希，並瞇起雙眼。

「春希，謝謝妳。我好久沒看到隼人這麼開心了。」

「…………咦？」

春希萬萬沒想到他會這麼說。

春希也跟著往廚房看去，卻只看見隼人正在準備晚餐的熟悉背影，跟平常沒什麼兩樣，所以她不禁疑惑地歪過頭。

「來，做好了。有醬油、番茄醬跟醬汁，看你要沾哪一種。」

「謝啦。噢，傍晚你也確實把東西拿去醫院給媽媽了吧？謝謝你啊。」

「……醫、院？」

「哦？隼人沒告訴妳嗎？」

「啊～～那個……」

春希驚訝地瞪大雙眼。她從來沒聽說過。

造訪隼人和姬子這對兒時玩伴的家以來，算算也過了好一段時日，回想起來，今天也是第一次見到他們的父親。這個家裡沒有母親，顯然出了某些問題。

春希當然起過疑心，但獨自生活的春希對父母親的存在也有百般怨言，自然不會隨意過問。

儘管如此，春希從沒想過會聽到「醫院」二字。她難掩動搖地看向隼人，隼人只是尷尬地搔搔頭並別開目光。

「老爸，你是回來拿換穿衣物嗎？直接拿去洗衣店——」

「噢，原來如此。春希在隼人心中的地位果然很特別啊。」

「咪呀！」

「老、老爸！」

隼人本想刻意轉移話題，但和義冷不防說出這句話。春希雖然沒聽懂話中含意，心臟卻以異常的速度狂跳起來。

春希看了看隼人的臉，發現他的臉紅到前所未見的程度，嘴巴一張一合，無法組織完整的言詞。

然而和義帶著了然於心的表情點點頭。

「嗯嗯，之所以沒跟春希說媽媽的事，就是不希望春希因此對自己同情或操心——」

「春希，那個，今天我先送妳回家！」

「咦？啊、嗯！」

或許實在是待不下去了，隼人不顧春希還沒吃完晚餐，就硬是拉著她的手往外走。春希也覺得食不下嚥，便有樣學樣地答腔。

和義對兩人突兀的行為目瞪口呆，一臉疑惑地看著他們離開。

「春希，以後也要常來坐坐啊。啊，還是給妳一副備用鑰匙？」

「老爸！」

踩在柏油路面的腳步聲響徹夜晚的住宅區。

「……」

「……」

雙方都默默無言，不知該如何向對方開口。

莫名有種心癢的感覺，但感受絕不算壞。總覺得腳步也加快了。

春希不經意抬頭仰望夜空。儘管被大樓和霓虹燈的光遮蔽，仍有幾點星子發出微弱的光芒。跟過往記憶中的月野瀨不同，萬家燈火比星星更加耀眼奪目，星星的數量也不多。

跟以前不一樣——一想到這裡，春希下意識說出了心裡話。

「隼人，你都沒問過我家的事。」

重逢後也過了好一段時間。

隼人與春希之間出現了空窗期，也發生了無數變化。說不在意是騙人的，隼人一定也這麼想吧。

走在春希身邊的隼人依舊看著前方，伸手搔搔頭。春希看不清他的表情。

「以前——不對，以前也是。我對妳當時的家庭狀況一無所知，也不知道妳為何沒來上學。」

「……嗯，對啊。」

「但我還是覺得跟妳玩在一起很開心，該說是不在意嗎……啊啊，對了，我當時覺得那些事不重要，現在也是如此。嗯，應該就是這樣……吧？」

「……噗，什麼意思啦。」

「怎樣啦，不行喔？」

「不，很像你會說的話……喂，等等我啦！」

隼人的腳步又加快了一些，可能是在鬧彆扭。春希不想被拋在後頭，便急忙追上前抓住他的手，和他並肩同行。

跟小時候就不斷上演的場面一模一樣。

「在我心中，隼人的地位果然也很特別。」

「…………是嗎？」

兩人都滿臉通紅，但還是緊牽著彼此的手，無意鬆開。

他們用比平常快上許多的步伐走向春希家，就像要拋開這股羞澀感。

第9話 真讓人不爽

「喂，還要用多久啊？」

「哥，不要亂動！」

姬子尖銳的嗓音響遍週日早晨的霧島家。

被押上客廳沙發後，隼人的頭髮已經被姬子整理了將近三十分鐘。看來姬子一直做不出滿意的造型。

今天是約好要去電影院的日子。

氣勢洶洶的姬子對打扮隨性的隼人說：「因為今天我也會一起去！」亢奮地對隼人的髮型來個大整理。

姬子的造型則是設計簡約的無袖襯衫，配上深藍色不對稱長裙。她的身材修長有型，帶點成熟的韻味，乍看之下會搞不清楚誰比較年長。

「好了！」

「……感覺很奇怪耶。」

不久，姬子終於心滿意足地點點頭。隼人第一次用髮蠟做造型，頭髮硬梆梆的感覺讓他可憐兮兮地喊了一聲。

「好啦，讓春希等太久也不好，趕快——」

「啊？哥，等等，你該不會要穿這套衣服出門吧？」

「咦？有什麼問題嗎？」

「……唉。」

隼人起身準備出門時，一臉疑惑的姬子喊出一聲怪叫。

一頭霧水的隼人有些慌張地看了看自己的服裝。苔綠色寬鬆上衣搭配黑色卡其褲，算是極其普通的造型。

看著隼人困惑不已的模樣，姬子深深嘆了口氣。她單手扠腰，並用空著的那隻手指著隼人說：

「那件上衣！不但已經褪色，衣領也鬆垮垮，袖口還破損了耶！」

「的、的確是。」

被姬子這麼一說，這件上衣確實因為長年劣化而破損，似乎連姬子都看不下去了。隨後隼人被強行帶回房間，讓妹妹重新挑選衣服。

假日上午的站前人潮雖不如平日擁擠，依舊人滿為患。可能是因為平常不搭電車的旅客也在使用，售票機前方也排了幾個人，而隼人是其中之一。

「我看看，多少錢啊……」

在月野瀨鄉下住久了，讓他沒有這種買票的習慣。

這也難怪。在月野瀨這個地方，沒有自家用車就相當於動彈不得，輕型卡車才是絕對的正義。

所以隼人特地到售票機前確認票價表後才拿出錢包，動作相當緩慢。

「哥，快一點啦。」

「抱歉……呃，姬子，妳不用買票嗎？」

「哼哼～～因為我有這個啊！」

說完，姬子就得意洋洋地掏出一張ＩＣ卡，卡面上還有哈密瓜圖案這個特徵。這張卡不僅能搭電車和公車，購物時還能當作電子支付。看來是在隼人不知不覺間辦好的。

「有了這張卡就不必一直買票，在超商付錢也快速方便！」

語畢，姬子就露出極度煩人的得意表情，故意在隼人面前展示ＩＣ卡並通過驗票閘口。

『餘額不足，請加值。』

現場卻響起「嗶——」的機器聲響。

「……姬子。」

「唔唔……」

泫然欲泣的姬子只好跟隼人一起在售票機前排隊。

他們從最近的車站搭乘快速列車經過三站，隨著電車搖晃了二十幾分鐘後，來到本日的會合地點。前陣子跟春希一起來挑手機時，也是約在這個都心區的鳥類裝置藝術前。

雖然已經來第二次了，隼人還是不習慣在錯綜複雜的車站大樓裡走動。他們在人群中穿梭，動作緩慢地走向目的地。

順帶一提，因為兩家住得近，隼人曾問春希要不要一同前往，春希卻一口回絕，嘴角還勾起一抹賊笑。看她的表情就知道在打什麼歪主意。

抵達會合地點後，姬子似乎靜不下來，頻繁地拿出摺疊手鏡撥弄瀏海。

隼人則對令人眼花撩亂的來往人潮感到稀奇，光是盯著看就不無聊了。

他不禁心想：要是掉進這片洶湧的人海當中，應該轉眼間就會被淹沒溺斃吧。事實上，隼人和姬子剛才也是被這片人海折騰很久才來到此處。

「……咦？」

「……啊。」

「啊，是小春！咦？怎麼這麼可愛～～！應該說好心機喔～～！」

所以在這片人海中看到格外醒目的那名少女時，隼人忍不住發出怪聲，姬子也開心地喊了出來。

今天春希的打扮非常可愛。

一襲花朵圖樣的天藍色細肩帶短洋裝，裙子部分是蛋糕裙設計，從高腰處開始左右顏色不同的內裡更是整件裙子的焦點。配上綴有蕾絲的短版針織罩衫，整體的俏麗風格完全彰顯出她的女孩氣息。

而且春希今天還特地將頭髮綁成雙馬尾，甚至別上緞帶，整體造型就如姬子所說——很心機。

看上去有些幼小，卻又能凸顯出十幾歲少女特有的天真與誘人魅力。隼人看了也只能嚇得直眨眼。

春希也跟他同樣驚訝。

隼人的髮型不是平常那種任由它留長的模樣，而是姬子親手精心打造，給人爽朗的印象。姬子挑選的服裝也充滿了清爽文雅的氣質，很適合他。

春希也忍不住張大了嘴，神情大變。

「你、你是誰啊～～！」

「說得太過分了吧。」

先從僵直狀態恢復正常的是春希，她驚訝地指著隼人喊道。

「呵呵～～只要這樣打扮一下，哥也是有模有樣吧？」

「唔，沒想到還有這招！也對，隼人還有小姬這個軍師……！」

「啊，喂……真是的。」

春希不甘心地低吟。當姬子把隼人推向前，彷彿在炫耀她的得意力作時，春希又氣得鼓起雙頰。

看到春希的反應跟她的外表一樣稍嫌幼稚，隼人發出傻眼的聲音。

春希察覺到隼人的表情時，像是忽然想起什麼，刻意咳了幾聲。隨後她稍微整理了不常穿的蕾絲荷葉邊短裙裙襬，又露出最近常見的那種裝腔作勢充滿挑釁的表情逼近隼人。

「哼哼，雖然第一局不幸敗陣，今天的我跟平常可是大不相同。」

「是、是嗎？妳今天感覺確實跟平常差很多，讓我嚇了一跳。」

「其實還不只這樣呢～～欸，你覺得我哪裡不一樣？想知道嗎？想知道嗎？」

「咦？呃，還好……」

「嗯嗯～～還嘴硬～～！欸，其實你很想知道吧？」

除了外表，今天的春希連身上散發的氛圍也截然不同，讓隼人心裡有些小鹿亂撞。老實說，隼人已經亂了陣腳，態度自然變得有些冷淡。

但春希沒看出隼人的驚慌，有些賭氣地嘟起嘴巴。

「哦～～那看了這個以後，你還說得出那種話嗎～～？……嘿！」

「～～～什麼！！？！？！？！？」

春希不耐煩地逼至隼人和姬子面前，將細肩帶洋裝的胸口往下拉。下一秒，隼人頓時變成燒開的水壺。看到六神無主的隼人臉紅到無以復加的樣子，春希覺得痛快極了。

她故意讓隼人和姬子看了一眼黑色內衣。

綴有典雅蕾絲設計的內衣莫名有種性感成熟的魅力，跟春希身上那套少女風格的服裝非常不搭，卻也因此充滿了存在感。

隼人徹底被這種反差感擊垮，腦中亂成一團，混亂的心情溢於言表。

春希見狀，臉上露出得逞的竊笑。而姬子彷彿要替隼人說出心裡話，低聲喊了一句：

「有～～～～～夠色！」

兩人的反應讓春希相當滿足。

她露出過去在月野瀨惡作劇成功時的得意神情，態度越來越囂張。

心情愉悅的春希彷彿看準時機般繼續纏著隼人問：

「欸欸，你心動了嗎？有嗎？整張臉都紅了耶～～呵呵，不說我也懂啦～～應該說，果然不能只重表面，連看不見的地方都要有所堅持吧？還有我由內而外隱約流露的性感氣息？你懂嗎～～應該說你就是懂了，臉才會這麼──」

「閉嘴啦～～！」

「──咪呀！」

被不停逼問的隼人依舊面紅耳赤，直接抓住春希的雙馬尾髮根又轉又扯。因為無可反駁，不小心就動手了……此刻的行為簡直就像孩子常有的幼稚行徑。

「可、可惡！」

「好痛！」

春希也沒打算乖乖就範，一把揪住隼人整理過的頭髮亂揉一通。根本就是小孩的幼稚打鬧，只是在意氣用事。

結果兩人的造型變得亂七八糟，難得的打扮全都泡湯了。

看著哥哥和兒時玩伴的慘狀，姬子不禁心想「前陣子也發生過同樣的事」，便露出由衷感到傻眼的表情，冷冷地瞥了一眼。正當她看準時機想上前勸架時——

「哥、小春，大家都在看，不要——」

「——呵呵、呵哈、啊哈哈哈哈哈！你們到底在幹嘛啦……哈哈哈哈！」

忽然有一道宏亮的笑聲朝著隼人和春希直衝而來。

聲音的主人像是打從心底覺得好笑般捧腹大笑。從他平常在學校那種冷靜的表現來看，實在很難想像他會發出如此天真的笑聲。

所以臉色變得更難看的隼人低聲說道：

「……海童。」

隼人和春希互看了一眼，才終於意識到他們在眾目睽睽之下，對彼此又是捏鼻又是戳弄又是拉耳朵，很是滑稽。

感情相當要好的模樣，完全成了眾人的注目焦點。周遭行人們紛紛投以視線，還忍不住憋笑。

於是隼人和春希連忙鬆手拉開距離，但海童一輝看了他們的反應，還是笑得雙肩顫抖，還擦了擦眼角的淚。

「哈哈，那個，真巧耶，霧島同學、二階堂同學。」

「是啊。」

「兩位跟我不一樣，感覺不是碰巧遇見的呢。」

「……啊啊，是啊。」

隼人搔搔頭並嘆了口氣，彷彿已經放棄掙扎。

他回想起剛才那一幕，簡直就是小孩之間的打鬧，實在不是剛轉學過來的鄰座男女同學會做的事。

此時，海童一輝將手放在下巴，動作誇張地頻頻點頭，臉上似乎寫滿了有趣。

（……啊～～太大意了。而且偏偏被這傢伙看到……）

假日在街上和學校同學偶遇——就算沒有像海童一輝這樣上前搭話，會被人撞見也是當然。

就算沒有，春希也是個相當惹眼的少女。尤其今天還費心打扮，更是受人矚目。

上次之所以沒遇上同學，一方面是停留時間不長，另一方面是大部分時間都待在店裡，還有戲劇拍攝現場這種引人注目的其他因素。

「旁邊那個女孩就是傳說中的兒時玩伴嗎？幸會，我是跟他們同校的海童一輝。」

「！」

「啊，喂，姬子！」

重新看了隼人和春希的狀況後，海童一輝便發現了姬子的存在，於是笑盈盈地做了自我介紹。

海童一輝的外型亮眼，換句話說是個大帥哥。見他露出這種風靡萬千少女的笑容，姬子不知該如何反應，心中立刻浮現怕生的恐懼，急忙躲到隼人身後。隼人和海童一輝也只能苦笑以對。

「真可惜，我被甩了呢。不過……你直接喊她『姬子』啊？」

「啊～～這是……」

海童一輝聳聳肩，來回看了看支支吾吾的隼人和姬子，眼神滿是好奇，絲毫感受不到話中的遺憾。

氣氛尷尬透頂。隼人和春希沒有在學校公開他們和姬子的關係，這種虧心感更加深了尷尬。

被人用毫無保留的眼神一盯，姬子嚇得雙肩一顫，將隼人的上衣背後抓出了皺褶。眼下的狀況實在太難解釋。隼人瞄了膽戰心驚的姬子一眼，正準備開口說明時——

「海——」

「喂，海童，你看得太誇張了吧！小姬快被你嚇死了！」

「喔，抱歉抱歉。」

「——春希。」

只見春希跑到海童一輝面前，彷彿要擋住他窺探姬子的視線。

春希皺起眉，似乎在譴責他，還狠狠地伸出食指指著他。海童一輝被嚇了一跳，不禁後仰並舉起雙手。

海童一輝再次感到驚訝。

這也難怪，因為春希的言行舉止跟平常在學校的樣子判若兩人，換作自己碰上這種狀況，自然也會滿頭問號。但與此同時，海童一輝也湧現了強烈的好奇心，所以他丟出的這段反駁似乎也帶了點嘲弄意味。

「……不過，二階堂同學感覺非常可愛呢，服裝和髮型都跟在校形象完全不同，真令人驚訝。是為了穿給霧島同學看嗎？」

「是啊，那還用說。我就是為了嚇嚇隼人和小姬才會打扮成這樣，否則我平常才不會這麼穿！」

「！……是、是喔，原來如此。」

然而春希直接忽略海童一輝壞心眼的調侃，雙手扠腰挺起胸膛，彷彿要刻意展現自己似的，感覺豁出去了。

海童一輝被春希這個行為嚇得瞪大雙眼，覺得有些刺眼般瞇起雙眼。

「可是我被隼人反將了一軍。哎，不過剛才讓他看了我的性感內衣之後，那個反應應該可以算是我贏了吧——唔唔！」

「喂，春希！」

「噗呼！什、性感內……咳、咳咳！」

「小春，別說了，過來！」

春希居然一臉得意地說出故意讓隼人看內衣這件事。

海童一輝嚇得猛咳，隼人萬念俱灰地將手放上額頭仰頭望天，姬子則立刻上前摀住春希的嘴。這時春希才意識到自己說了什麼，整張臉都紅了。

想當然耳，他們變得比剛才更引人注目了。春希銀鈴般的嗓音充滿穿透力，聽到「性感內衣」一詞，周遭的視線便狠狠地直刺而來。

隼人和姬子本來就不習慣他人的目光，現在更是受不了現場氣氛，連忙拉著春希逃向行人較少的角落。

春希終於體認到自己做了什麼蠢事，雙手掩面蹲了下來。被稍稍恢復平靜的姬子安慰後，她淚眼汪汪地發出嗚咽聲。

另一邊的隼人按著痛到不行的頭，走到跟著過來的海童一輝面前。

「那個，海童，春希從以前就是『那樣』。麻煩你大人不記小人過，裝作沒看見吧。」

「是可以啦……那個，你們幾個感覺很要好耶。」

「是啊，畢竟我們是兒時玩伴，認識很久了……呃，你早就發現了吧？還有，春希一天到晚跟大家說的兒時玩伴就是她。她叫姬子，是我妹妹。」

「我、我是霧島姬子。幸、幸會……」

「啊……我也重新自我介紹吧。我是海童一輝。」

稍微恢復狀態後，姬子被隼人推向前，雖然有些戰戰兢兢，這次已經能好好打招呼了。

春希發現這件事，再加上剛才被姬子擺了一道，便摸摸姬子的頭不停稱讚她。

「哦，這次做得很好耶，好棒好棒。」

「討厭，小春就會見風轉舵！」

「……真是的，妳們在幹嘛啦。差不多該走了。」

被隼人如此催促後，她們順著回了一句：「「好啦～～」」這種情況小時候就上演過好幾回，雖然剛才發生了那種尷尬的意外，三人之間的氣氛已經恢復以往。這正是隼人他們（兒時玩伴）才能營造出的氣氛。

臉上浮現一絲難為情的隼人對海童一輝說：

「今天我們是第一次一起去電影院。這裡畢竟不是鄉下，時間也快來不及了，所以我們要先走一步……那個，希望你別把今天的事說出去。」

隼人舉起手說了聲「再見」便轉過身。

隼人和海童一輝才認識沒多久，感情沒有特別好，再加上那個傳聞，因此兩人的關係還處於稱不上朋友的灰色地帶。

「等一下！那個，我可以一起去嗎……！」

所以聽到這句話時，隼人只覺得意外。

「海童……？」

「唔！」

被海童一輝喊住後，隼人和春希回過頭，神情訝異地看向彼此。

最令人意外的是，海童一輝的表情居然是全場最驚訝的。他似乎也難掩疑惑，不明白自己為什麼會拋出這句話。現場瀰漫著困惑的氣息。

這時，春希率先打破沉默。

「你要來幹嘛？」

春希直接踏出一步朝海童一輝逼近。她一臉疑惑，眼神可以用「狠瞪」來形容，讓海童一輝有些退縮。

但只消一瞬，海童一輝就再次定睛注視春希。儘管有些結巴，仍努力開口說道：

「……呃，那個，有我在的話，感覺比較方便。」

「方便？」

「喏，你們的關係不是不能公開嗎？所以我一起行動的話，看起來就像是雙重約會，就算被其他人撞見也方便——」

「雙、雙雙雙雙重約會！」

「——找藉口帶過……呃，二階堂同學？」

「你、你說雙重約會，是誰跟誰約會啊！隼、隼人不行喔，我不會讓給你！」

春希忽然對「雙重約會」一詞反應過度，瞬間變成了燒開的水壺，感覺頭上也正冒出陣陣熱氣。她不停擺弄裙襬的荷葉邊，還一直窺探隼人和姬子的表情，態度變得相當異常。

隼人在一旁看著，無奈地心想「說什麼不肯讓，把我當成物品了嗎」並嘆了口氣。隼人把沒用的春希交給姬子處理後，再次看向海童一輝。

「……所以——」

「所以？」

「你有什麼目的？」

「沒有目的啊，就是我剛才說的那樣。」

「…………哦？」

「……霧、霧島同學？」

隼人目不轉睛地看著海童一輝的雙眼，想試探他的真心。

他的眼中帶有一絲不安，卻也有種期待的感覺。感覺似乎在害怕什麼，又像在追求耀眼的光芒……隼人覺得這種眼神似曾相識。

——「二階堂春希」和「海童一輝」非常相似。

這個念頭又重回隼人的腦海。

隼人對海童一輝的狀況不甚理解，也無意深究，但跟春希如此相近的眼神就在眼前，要是放著他不管，總覺得有些過意不去。

況且，海童一輝剛才的說法雖然很像藉口，但隼人也覺得確實有道理，應該可以有效避免節外生枝。隼人深深嘆了口氣，將頭髮亂搔一通，隨後放棄抵抗般又嘆了一大口氣。

「……可樂跟爆米花，就讓你請客吧。」

「霧島同學！」

「隼人～～！」

海童一輝的嗓音訝異中帶了喜悅，跟大聲抗議的春希有著天壤之別。隼人也忍不住露出為難的笑容，邁開步伐往前走去，彷彿想讓話題到此為止。

「啊～～真是的，我好不容易才幫你弄好的耶！哥真討厭，小春也是！」

姬子追上前，對隼人那亂七八糟的頭髮臭罵一頓。

電影院是棟相當宏偉的建築。

占地面積足足比學校體育館大上一倍，若抬頭仰望這十二層樓的高度，甚至會讓脖子感到痠痛，壯觀程度讓人折服。

「好大……」

「天啊……」

「啊哈哈，也超出我的預期呢……」

Grand Cinema Spirits——這就是隼人一行人今日造訪的影城。

不僅有國內規模最大的巨幕，還有體驗型劇場、咖啡廳和周邊商店等各式各樣的設備，可說是另一種形式的娛樂設施。

「霧島同學，你不進去嗎？」

「啊、噢，抱歉。呃，我第一次來這種地方，所以嚇了一跳，也不知道入口在哪……樓下有好多設施喔……」

「一樓到三樓有很多店面。我想想……電影院的入口要從旁邊的電扶梯坐上四樓，上面好像都是影城了。」

「好。我們走吧，春希、姬子。」

「……唔。」

「嗯、嗯。」

四人當中只有海童一輝泰然自若，或許是對這裡很熟悉吧。他用覺得溫馨的眼神看著被嚇傻的三人，催促他們往前走。

搬來這裡以後，隼人和姬子老是被這種眼神盯著看，已經習以為常了。只要他們碰上和月野瀨不同的事物大受震撼時，大家就會投來這種目光。

但春希不一樣。

由於有平日偽裝的假象，她是第一次被這樣盯著看，所以她神情有些不滿，從走在前方的隼人與海童一輝之間穿過去。

「我、我只是有點驚訝而已。」

春希跟表情變得更加愉快的海童一輝對上眼後，不屑地別開視線。

順帶一提，隼人和姬子搭上直達四樓的巨大電扶梯，便好奇地東張西望，沒意識到春希的態度，完全就是標準的鄉巴佬。

「哇啊！」

「哦～～」

來到影城入口處，又讓他們大吃一驚。

與上方樓層打通的圓弧狀挑高大廳，搭配重視流線型的近未來式設計，設施裡頭來往的人多不勝數。

隼人和姬子當然是第一次造訪這種地方。

春希雖然在城市住了好幾年，卻總是獨來獨往，因此也是初次體驗。三人就這麼愣在原地，不知該如何是好。

看到他們的反應，海童一輝開心地笑了幾聲，才開口向隼人問道：

「呃，決定要看哪部電影了嗎？」

「啊，嗯。我們要看Ｆａｉｔｈ劇場版第三章。」

「動畫片？」

「很意外嗎？」

「有一點。畢竟班上最近都在討論《那由多之刻》，還以為一定是這部。」

杵在原地的春希忽然雙肩一顫。

對春希來說，《那由多之刻》算是地雷話題。

隼人發現春希完全不打算隱藏不高興的表情，急忙從錢包掏出鈔票，硬塞給海童一輝。

「海童，呃，我不知道怎麼買票，可以請你幫忙嗎？喏，春希跟姬子的份也麻煩你。」

「ＯＫ，我隨便挑個四人並排的座位喔，可以嗎？」

「好，謝謝。」

海童一輝似乎也敏銳地感受到春希的情緒了。

於是他配合隼人的指示收下錢，露出八字眉但笑容依舊爽朗，然後離開現場。

他居然能如此敏銳地察覺他人的細微變化，隼人不禁感到佩服。原來如此，難怪他這麼受歡迎。

從遠處看也能感覺到海童一輝的動作相當流暢，沒一會兒工夫就把票買回來了，跟在電車售票機前磨磨蹭蹭的隼人大不相同。

「對、對不起！我哥太沒用了。」

「妳沒資格說我吧，姬子……」

「哈哈，不客氣。而且平常我就聽說過霧島同學對這方面不太在行。」

說完，海童一輝就露出天真和藹的笑容，直爽的回答方式也成功軟化了姬子怕生的態度。他很擅長跟人打成一片。

隼人很佩服他這種好相處的態度，卻露出難以言喻的表情。

「7廳，那就是八樓了。機會難得，我們就搭電扶梯慢慢上去吧！」

「啊，小春！」

春希似乎對海童一輝的態度不甚滿意，「唔～～」地低吟著從他和姬子之間穿過去，強行拉住姬子的手。

海童一輝見狀，依舊面帶微笑地聳聳肩，對從他身旁走過的春希的側臉說道：

「別擔心，我不會對他們兩個出手。」

「～～～！」

「好痛！」

可能是被海童一輝猜中了心思，春希的臉一路紅到耳際。春希瞪了他一眼，然後往他的小腿骨狠狠一踢。春希的運動神經超強，這一記狠踢可說是毫不留情。

海童一輝忍不住蹲了下來，按住被踢的地方。他一副快哭出來的樣子，不知為何卻還是帶著愉悅的笑容，彷彿覺得很好笑。

隼人搔搔頭，傻眼地嘆了口氣。

「海童，你是白痴喔。」

「對啊，我自己也嚇了一跳。」

雖然不是姬子期待的768個座位的巨型影廳，但可容納人數也輕鬆超過了400人，讓隼人、姬子和春希都大受震撼。

電影開始後，原本春希的不滿氣息也立刻消失，完全沉浸在電影的世界之中。

整部電影非常優秀，不僅作畫品質精良，從系列作中途開始觀看的隼人和姬子也立刻被劇情深深吸引。

至於春希，看到緊張刺激的場面就為之屏息，在感動人心之處又會猛吸鼻涕，傾身緊盯著銀幕。將最後的工作人員名單全部看完後，回到入口處的春希露出心滿意足的表情，狠狠宣洩出情緒。

「真是太～～～～好看啦！」

春希轉過身，雙手在胸前緊緊握拳，眼神閃閃發亮地極力主張。聽她這麼說，就算不是隼人，也會被她的情緒牽動而露出笑容吧。

「比想像中好看耶，小春！我已經對前作充滿興趣了！」

「我說得沒錯吧，小姬！下次我再帶一大堆給妳看！」

「春希，姬子要學測了，適可而止喔。」

「唔唔，我知道啦……」

「哈哈，但的確很精彩呢。尤其是最後那一戰，雖然是臨時組成的搭檔，卻說出了那句充滿信賴感的台詞。」

「唔，居然能留意到這一點，海童，你很內行嘛！原作中沒有這個劇情，才更讓人印象深刻啊！」

相同的話題再度被炒熱後，春希先前的不滿情緒也頓時消散，心情好得不得了。看著情緒激動的春希，隼人瞇起眼心想：

（真是個單純的傢伙。）

春希興奮地講述那個場景拍得有多好，接著將場刊捲起來，深深吸一口氣，用流暢至極的動作將場刊（短劍）指向三人。隨後，她身上的氣息驟變。

「『我可不像妳，我自始至終都對妳充滿信任。』」

「「「——！」」」

這一瞬間，周遭的世界變了樣。春希這道前所未聞的凜然嗓音，讓在場眾人瞠目結舌。看著春希，竟會將她錯認為剛才那部電影中的角色。三人為之震懾，完全說不出話來。

對春希來說，或許跟過去的「角色扮演遊戲」沒兩樣吧。以前還住在月野瀨的時候，她經常看完動畫或特攝片便模仿劇中角色。但跟當時相比，又有某種顯著的差異。

可能是對驚訝的隼人感到滿足，春希露出淘氣的笑容，又變回平常的態度。時間的齒輪再次開始轉動。

「……小、小春，妳好厲害喔！嚇我一跳！那個場景確實能充分感受到不知不覺間誕生的羈絆呢！」

「對吧對吧！導演一定也明白這一點，這是對角色的愛啊，是愛！」

「這一幕是很棒，但要把孩子託付出去那裡更讓我感動！」

「啊～～！那裡也很精彩！」

率先恢復正常的人是姬子。她似乎也被興奮的春希影響，開始熱烈談論電影話題，絲毫不管他人眼光。

春希深深吐了一口氣，閉上雙眼，放鬆全身力氣。她的氣息再次改變，當她睜眼的那一瞬間，又如實重現了電影場景。

「『你可要好好照顧這孩子。』」

這次她拉低嗓音，凜然且具穿透力。表情及氛圍都像極了身經百戰的忠心戰士，完全無法想像她是十五歲的少女。

「……太強了吧。」

「……春希她，啊～～那個，她的面具種類好像超級豐富。」

一旁的海童一輝也忍不住讚嘆。

隼人也用有些挖苦的口氣回答，同時心想「真是出乎意料的才能」。雖然這話是自己說的，他也莫名能夠認同。

「呀～～呀～～就是這個！雖然只有短短一句，卻寄託了相當複雜的思緒！」

「喔喔～～這下子我一定得讓妳看看之前的作品了……啊，對了，隼人，你最喜歡哪一幕？」

「！啊～～那個，我啊……」

這次話題來到隼人身上。

比起電影本身，他的心思都放在春希出乎意料的「特殊才能」上，於是在苦苦回想電影內容的同時，他開始東張西望，結果發現他們幾個相當惹人注目。

這也難怪。在隼人眼裡，春希是美少女算是相當客觀的事實。尤其她今天的打扮充滿心機，完全符合男人的喜好。不僅如此，她身旁的姬子也是精心打扮，跟她站在一起毫不遜色。海童一輝就更不用說了。

再加上剛才那種魄力十足的演技，讓人不好奇也難。

（話說回來，這裡雖然是入口處，人未免也太多了——唔！）

他環視四周後看到一張海報，不禁瞠目結舌。

回想起來，Grand Cinema Spirits是大規模的電影院，而且姬子和海童一輝都提過「那部電影」。

『那由多之刻　今日將於768座席的特大影廳舉辦見面會　主演——田倉真央』。

他終於明白這些人為什麼會井然有序地聚集在入口處了。

好巧不巧，這些人想親眼目睹的那名演員正好從後方走了出來。

她也嚇了一跳。因為原本在等候她出場的那些粉絲視線居然都聚集在春希身上，如此異常的現象自然吸引了她的注意。

春希背對著入口後方，所以沒察覺到這件事，應該算是不幸中的大幸吧。田倉真央瞪大雙眼的同時，隼人也抓起春希的手往外衝。

「跟我過來一下！」

「哥！」

「霧島同學！」

「咪呀！那一幕的台詞好像不是這樣耶，隼人～～！」

他跑向沒什麼人使用的樓梯，兩階併作一階往下跑。拚命往樓下狂奔的樣子，用「滾下樓梯」來形容可能比較貼切。

他現在的樣子應該很難看吧，但他顧不了那麼多，一心只想往外衝。不對，應該說他根本沒時間管這些了。

來到大馬路上，隼人和春希都上氣不接下氣。

「呼啊、呼啊。」

「呼～～呼～～」

看到一對男女在這種地方撐著膝蓋拚命喘氣，來往的行人似乎都覺得怪異，紛紛投以好奇的目光。

被表情充滿怨氣的春希狠狠一瞪，隼人也尷尬地搔搔頭。

「討、討厭！你幹嘛忽然拉著我跑啊！」

「……對不起。」

「呃，我又沒有要你道歉——……啊。」

隼人不經意地將視線往上移，春希也循線望去，臉上表情頓時消失。

電影院入口上方有一張巨幅海報，海報裡的妙齡女性正是田倉真央。

「……」

「……」

春希明白前因後果，卻說不出半句話。隼人也不知該如何開口，心底浮現一股難耐的焦躁感。

結果春希忽然露出笑容，重新看向隼人。

「啊哈，隼人，你太保護我了啦。而且你真的很雞婆耶。」

「唔！……哪有，這很正常吧。」

「對你來說是很正常啦。」

「是嗎？」

「是啊。所以我也得好好加油才行。」

隼人沒細問她要在哪一方面好好加油。春希帶著微笑看著自己的那雙眼眸，奪走了隼人的話語能力。

有些傻眼，卻又異常認真，甚至能感受到堅強的意志，真是不可思議的眼神。隼人回望她的眼，想探詢其中的奧祕。

（……好美啊。）

儘管如此，隼人心中卻浮現這個想法，根本移不開視線。

水靈大眼無比澄澈透亮，卻又深不見底，才讓人無可自拔地深深著迷。隼人的心臟狠狠地跳了一下。

「所以，該怎麼說呢，你要好好看著我的轉變喔。」

「唔！……啊、好……」

春希冷不防地從前方盯著隼人，並露出一抹微笑，隼人自然會心跳加速。而且還能看見悄悄從胸口探出頭的黑色蕾絲。

隼人的大腦被自己也不明所以的情感控制，心跳的速度快得不可理喻。所以他急忙轉過身別開目光，用力搔搔頭。

「哥、小春！你們怎麼忽然跑走啊，真是的～～！」

「啊，姬子。」

隼人將臉別向一旁，就看見姬子和海童一輝的身影。看樣子他們也追上來了。

姬子對他們突如其來的行動大發脾氣，雙手扠腰，滿嘴怨言地湊上前來。

「剛才我們很慘耶！大家莫名其妙一直盯著我們看，而且他們好像在等見面會的演員出場。是說我也有點想看——喂，你有沒有在聽啊，哥！」

「是是是，我跟妳道歉。」

隼人不停安撫姬子，同時鬆了口氣，甚至覺得得救了。

然而姬子似乎對哥哥的態度非常不滿，眉尾氣得越吊越高。想也知道，這其實只是隼人的推託之詞。

「好了啦，小姬，就是那個啦。因為那個才會變成那樣，所以冷靜一點。」

「呃，姬子，反正就是那樣啦。我請妳吃午餐，別生氣啦。」

「唔唔，你們從以前就這樣……——嗯？」

「……幹嘛啦，姬子？」

「小姬，怎麼了？」

「呃，感覺好像有人在看我們……？」

姬子忽然東張西望看向四周，好像察覺到什麼。

隼人和春希也看了看周遭，卻只看見大批人群順勢朝著某處走去。可能因為他們有些吵鬧，稍稍引來了他人的目光，但也沒看到特別奇怪的人事物。姬子也疑惑地歪過頭。

此時海童一輝介入他們的對話，彷彿見狀況有異，試圖圓場。

「總之先離開這裡吧。我們剛才這麼吵，當然會被別人盯著看啊。」

「唔唔～～……也對，而且我肚子餓了……啊，對了，我想去一間餐廳。我看看……」

說完，姬子就開始用手機搜尋。

海童一輝將姬子擺一邊，轉而向隼人及春希問道：

「對了，『那個』是什麼意思？」

「…………我哪知道？」

「到底是什麼意思呢？」

三人相視而笑。

隨後他們來到一間知名的義式家庭餐廳，價格平易近人，廣受年輕族群喜愛。

「咦？不會吧，隨便找個空位坐下來就行了？這裡沒有菜單，我要怎麼點……平板？這、這這這這要怎麼用啊！」

第一次來家庭餐廳的姬子像新手一樣不停提問：「這樣真的能點餐嗎！」「飲料吧真的可以一直狂喝不用加錢嗎！」簡直就是過去隼人的翻版。

已經來過一次的隼人決定幫驚慌失措的姬子點餐，並對她說：「擔心的話，可以從點餐紀錄確認。」「擔心的話，要不要我去幫妳拿飲料過來？」姬子才有點不甘心地點點頭。順帶一提，春希也小聲拋出一句：「……我要哈密瓜蘇打。」

「唔唔唔，哥，你怎麼這麼熟練啊！」

「對啊，明明是隼人耶，嚇死我了！」

「因為我來過了。」

「啥！哥居然來過！」

「隼人居然來過！」

「妳們兩個……」

驚訝的春希和姬子鄙視的眼神，和隼人的聲音重疊。

順帶一提，春希乍看之下若無其事，卻不停用好奇的眼神東張西望，跟姬子沒兩樣。海童一輝在一旁看著他們。姬子和春希留意到他的視線後，都羞恥地縮起身子。

但料理一端上桌，春希和姬子的眼睛和表情頓時亮了起來。

她們發出興奮的叫聲，並交換一口，想嚐嚐對方的義大利麵。附帶一提，她們問都沒問就從隼人的盤子各挖一口。隼人驚為天人地說：「這樣才300圓！搞不好比自己在家做還便宜耶！」對極高的性價比感到恐懼。

氣氛相當和樂。

興奮的春希和姬子負責提供話題，隼人不時被她們調侃或吐槽，海童一輝則在一旁默默看著，偶爾才會搭腔或出面打圓場，可說是一派和諧。這時，海童一輝有些感慨地低聲問：

「霧島同學、二階堂同學，你們平常就是這樣嗎？」

「嗯？」

「剛剛離開電影院時，你們的氣氛不是很糟嗎？可是你看，現在可以談笑風生了。」

「這……嗯，算是吧……」

回想起來，隼人先前的行為確實相當反常，難怪他會這麼在意。

「對啊，剛才那樣確實怪怪的。因為是哥和小春，我才沒放在心上，但其他人看來應該不太尋常吧。」

接著換姬子傻眼地跟著應聲，嘴裡還塞滿了義大利麵。

「我也常被春希突如其來的舉動耍得團團轉啊。」

「唔，這是我的台詞吧。」

隼人順著姬子的話這麼說，春希就嘟起嘴抗議。

看到哥哥和兒時玩伴拌嘴的模樣，姬子打從心底感到傻眼地嘆了口氣，海童一輝也忍不住笑了起來。

「感情真好。」

但一聽到這句話，隼人和春希就皺著眉頭看向彼此。

——他們的感情絕對不差，但不知為何就是不喜歡被人一口咬定說「感情很好」。

要是感情真的很好，可以無話不談，也不至於走到現在這一步。

所以隼人和春希的表情都莫名有些緊繃，語氣也變得冷淡，彷彿事不關己。

「……我們感情算好嗎？」

「誰知道，應該不差吧。」

「哥、小春……」

「哈哈，這樣啊。」

但在旁人眼中，就只是掩飾害羞的彆扭表現而已。

姬子傻眼地用拿著叉子的手托起腮幫子，海童一輝則瞇起雙眼，彷彿覺得很耀眼。

隼人覺得他們沒聽懂自己的意思，正準備開口糾正時——卻被某人打斷了。

「咦～～難得會在這種地方遇見你耶，這位不是『叛徒』海童嗎？」

忽然傳來一聲挑釁。

海童一輝循聲望去，嚇得雙肩一震，表情立刻僵住了。

眼前是四個男孩子。

「還是跟女人泡在一起啊，海童。」

「這次又是怎麼搭上線的？啊，難道已經進展成多角戀了？」

「你怎麼還是這個死樣子啊。」

隼人對他們的臉毫無印象。

看上去應該年齡相仿。他用視線詢問春希，春希只是輕輕搖搖頭，看樣子不是同一間高中的學生。

但海童一輝反應截然不同。

他的臉色變得蒼白，從平常那種爽朗的模樣根本無法想像。

那些人全都露出壞心眼的笑容，對海童一輝言語羞辱，一副來者不善的樣子，現場氣氛相當緊張。

「……唔。」

海童一輝低下頭，懊惱地咬緊牙關。

不管他們如何挑釁，他都只是緊握拳頭，甚至用力到皮膚都變蒼白了，卻依舊毫無反應。看起來像在拚命忍耐暴風雨過境。

（……怎麼回事？）

隼人對這個突發狀況感到困惑。

不認識的傢伙忽然上前找碴。海童一輝只是順勢跟來一起看電影，但聽到他被人惡言相向，隼人心裡也不好受。

至少在隼人心目中，海童一輝不是會故意傷害或貶低他人的那種人。他不禁皺眉。

「這位小哥，如果你對這兩個女生有意思，奉勸你別跟海童扯上關係喔。」

「對啊對啊，這傢伙的個性跟他的臉一樣天真無害喔，國中的時候更厲害呢。」

「甘願上鉤的女人也是活該啦，哈！」

結果那群人忽然將話鋒轉向隼人，還瞄了春希和姬子一眼，出言嘲諷。

不只是春希和姬子，他們對「女孩子」的視線充滿敵意。類似嫉妒、侮蔑、憎惡這種負面情感，卻又不太一樣，感覺複雜許多。

雖然不清楚他們和海童一輝是什麼關係，但從語氣就能猜出一二。一定是因為海童一輝很有女人緣吧。

隼人轉頭往旁一瞥，只見海童一輝緊咬下脣，完全沒有反駁。

老實說，隼人根本不在乎這些糾葛，不清楚海童一輝的過去，也對他沒什麼興趣。

但將視線轉回那群人後，那些帶著醜惡扭曲的憎恨和妒意的臉便映入眼簾，讓隼人內心無比煩躁。總覺得好像在哪裡看過那種表情。

『——聽說海童同學的目標是二階堂同學。』

他忽然回想起三岳未萌過去說過的話。

（……啊啊，可惡！）

想到自己先前的幼稚行徑，隼人用力搔搔頭。感覺當時的自己也是這副德性，讓隼人的臉色沉了下來。他沒辦法再看那群人了。

「感覺變難吃了。我們走吧，春希、姬子……還有海童。」

隼人不顧盤裡的餐點還剩一半左右，就慢悠悠地站起身，抓起帳單往櫃台走去，表情還因為自嘲而有些扭曲。

「啊？」

「臭小子……！」

「霧、霧島同學？」

被他突如其來的行動嚇一跳的不只是那群人。

除了隼人的行徑，海童一輝對他喊出自己的名字這件事也極為震驚，一臉不知所措。姬子也面露不安，來回看著留在原地的人和沒吃完的餐盤，緊緊揪住春希的裙襬。

唯有春希的態度十分冷靜。

「不好意思，先跟你們講清楚，我根本不喜歡海童。」

她用淡然冰冷的嗓音對他們說道。

春希這句話，馬上就讓原本要追上隼人的那群人停下腳步。

在目瞪口呆的眾人面前，春希帶著極為困擾的表情繼續說出抱怨般的話：

「不但不喜歡，還正好相反。他平常只會做表面功夫，完全不肯展露真性情。對每個人都擺好臉色，表現得和藹可親。明明不想說出心裡話，卻老想要別人體諒……而且今天還擅自闖入我們的行程，我真的看他有夠不爽！」

這番話到底是說給誰聽的呢？

春希的聲音越來越激動，最後更像破口大罵似的強調語尾。隨後，春希瞇起眼瞄了他們一眼。

「你們只看到他的表面，就跑來這裡大呼小叫，簡直比他還爛。我們走吧，小姬。」

「……啊！」

那群人傻在原地。春希沒理會他們，站起身就抓住姬子的手。

他們應該沒想到會變成這樣吧。

即使如此，其中一人終於意識到自己被春希瞧不起了，變得面紅耳赤，上前就要抓住春希。

「喂，給我站住，妳這臭婆——」

「——哼！」

「啊嘎！」

春希卻泰然自若地輕巧避開，順便絆倒他。原本氣焰囂張的他直接撞到地面，悽慘地趴在地上，喊出難堪的哀號。

引起這麼大的風波，勢必會吸引店內眾人的目光。在外人看來，就像被美少女冷冷拒絕後趴在地上的慘狀。

那群人尷尬地扶起倒臥在地的男孩，急忙回去座位。可能知道再待下去只會讓自己的處境更難堪，所以沒有更進一步的動作。

「……真沒用。」

春希用不屑的眼神看著他們，丟下這句話並嘆了口氣。

接著，她對驚魂未定的海童一輝說：

「好了，快走啦…………………………海童你也是。」

「唔！……好！」

海童一輝回答的嗓音還有點顫抖。

「真是的，哥，你幹嘛忽然走掉啦！人家還沒吃完耶！」

「啊～～那個，對不起，我跟妳道歉。」

走出餐廳後沒多久，隼人就被姬子罵了一頓。

隼人也知道剛剛的行為太過獨斷，所以不敢對姬子回嘴。

他用求助的眼神看向春希，卻只換來她無奈地聳肩。不過春希的眼神非常溫柔，姬子也一樣。

「霧島同學！」

「海童。」

晚了幾步才終於跟他們會合的海童一輝立刻低頭向隼人道謝。

「那個……剛才很謝謝你。他們跟我是同一間地方中學——」

「好了，沒必要特地交代。我不想聽，也不感興趣。那只是我個人的獨斷行為，跟你無關，我也不管。」

「可是……！」

海童一輝堅決不肯妥協。

隼人的心境十分複雜，而且被人如此真心地當面感謝，也很難冷漠以對。

所以隼人依舊一臉傷腦筋地嘆了口氣，並說出內心真正的想法。

「海童，我實在不太喜歡你。」

「哈哈，看就知道了，但是我……不，正因為這樣，我才想跟你好好相處……想跟你成為朋友。」

「……我就是討厭你會刻意把這種事說出來的個性。」

隼人揮揮手並轉過身，彷彿想讓話題到此為止。他的表情仍帶有一絲困擾，嘴角卻勾起微笑。

「去別家餐廳換個口味吧。讓你請客喔——……『一輝』。」

「！好啊！霧——隼人！」

「啊！那我要吃甜食！我想吃吃看蜜糖吐司！」

「…………啊。」

隼人再次邁開步伐後，姬子就舉起手表達意見，一輝也帶著笑容加入他們。

春希有些呆愣地看著他們三人。

「小春～～？怎麼不過來，我們要走嘍～～」

「啊，嗯，我馬上過去～～！」

春希回過神來，小跑步追上隼人的背影。

然而她面有難色，並用有些自嘲的口吻低喃一句：

「……我果然不喜歡海童。」

第10話 因為你很特別嘛

西方的天空伴隨著微微的蒸騰熱氣，逐漸染上朱紅色。

被日間陽光烘暖的空氣，化作充滿夏日風情的積雨雲，遮住了部分夕陽。

隼人一行人隔著電車車窗，默默無言地看著日暮漸漸蒙上夜色的過程。

在那之後，因為姬子想吃甜食，他們便來到賽洛里ＫＴＶ。隼人和春希前陣子也來過這間店。

因為初次來訪而驚慌失措的姬子又對來過一次神色從容的隼人大發脾氣，之後還是相當愉快地享受了美食及唱歌的樂趣。正在減肥的兩人更是對蜜糖吐司愛不釋手，彷彿只有今天特別破例。

或許是想起了這件事，眾人臉上雖然有些疲態，卻也充滿自在與滿足。

不久後，隼人、春希和姬子抵達了離家最近的車站。

「那我們先下車了……不好意思，春希跟姬子點餐的時候完全沒在客氣。」

「沒事，最後你也替我出了一半啊。能看到大家不同以往的一面，我也很開心。」
「啊，那個，海童學長，謝謝你今天的招待！」
「……呃，海童，今天謝謝你。」
隼人下車後，轉身向一輝揮手道別，一輝也舉起手回應。
「下次再一起去唱歌吧。隼人你那毫無起伏的單調歌聲，感覺會聽上癮耶。」
「白痴喔，混帳，閉嘴啦！」
「哥唱歌超難聽，讓我鬆了口氣。對了，小春很會唱歌耶！」
「因為我常常在浴室裡練歌啊！」
「春希……」
「小春……」
「欸，隼人、小姬，別用那種憐憫的眼神看著我！」
「哈哈！」
看著三人的互動，一輝十分愉悅地笑了幾聲。這時電車正好關上門，轉眼間就駛向其他城鎮了。
「……回家吧。」

心不在焉地目送一輝離開後，隼人將舉在空中的手伸到頭上抓了抓，催促春希和姬子走出車站。

一行人的步伐有些沉重，彷彿捨不得讓今天畫下句點。正要走出驗票閘口的時候，春希忽然停下腳步。

「啊～我今天吃太多，就不吃晚餐了。我直接回去嘍。」

「我也是～要吃的話也想吃簡單一點，比如冰淇淋。」

「姬子，那不是正餐吧。春希，我們送妳回去吧。」

「不用啦，感覺快下雨了……你看。」

「啊～～……」

隼人抬頭看向天空，發現被染成紅黑色的積雨雲發出了陣陣低沉的轟隆聲。感覺好像會持續一陣子，但雲層狀況似乎不太妙。

「就這樣，拜拜！」

「啊、喂……真是的。」

「拜拜～～小春。」

春希沒理會隼人的制止，小跑步跑走了。

隼人伸出的手在半空中徒然劃過，嘆了口氣才放下來。

「……她沒事吧？」

「沒事啦，又不是小孩子。哥，你太保護小春了啦。別說這些了，去一趟超市再回家吧。」

「也對……」

◇◇◇

春希在日暮時分的住宅區不停奔跑，彷彿想掙脫被拉長的影子。

「啊～～煩死了～～！」

今天非常開心，跟童年時代一樣開心。

遊玩處從荒山、神社和平常無人使用的山中小屋，轉變成電影院、家庭餐廳和ＫＴＶ，還發現了彼此的全新樣貌。

不太會唱歌的隼人如果被嘲笑只是在唸歌詞，就會板起一張臉。

為了下次跟同學去唱歌時有所表現，姬子無敵認真地跟上節拍。

隼人會隨著音樂起舞，但在春希唱歌時又會不甘心地為她鼓掌。姬子則不停獻上歡呼，還會拚命研究怎麼伴舞——還有一輝會捉弄隼人讓大家樂開懷，不知不覺融入了這個圈子。

回想起來，大家的確都帶著笑容，但春希心中卻捲起一股泥沼般的情緒，讓她心頭焦躁不已，甚至隱隱作痛。這種幼稚的情緒既似焦慮又似嫉妒，卻又不到那種程度，似乎也有點像占有欲。

「有點羨慕小姬……」

她忽然停下腳步，如此自言自語。回過神來，已經到家門口了。

春希不知道自己為何會說出這種話。她眉頭深鎖，彷彿遍尋不著箇中緣由，就此陷入瓶頸。

「嗯，算了！」

春希用力拍拍臉頰，覺得不能繼續鑽牛角尖。

宛如要告誡自己一般，打開大門的同時，她盡可能用一如往常的嗓音喊出那句一如往常的儀式咒語（回家的招呼語）。

「我回來——」

「我不是叫妳『乖乖』等我回來嗎！」

一陣清脆的巴掌聲響徹了玄關口。

才剛鼓起勇氣走進家門，春希的臉頰就遭受到預料之外的衝擊。困惑之情勝過痛楚的她愣愣地將視線轉回原處。

眼前站著一位絲毫不掩憤怒的妙齡佳人——田倉真央。春希瞪大雙眼，彷彿「現在才發現這件事」。

她帶著秀麗的五官和極具魄力的眼眸看著春希，感覺像在看「絆腳石」。春希臉上的感情漸漸瓦解……才渾身乏力地低喃：

「——媽媽。」

天空不知不覺落下了眼淚。

斗大的雨滴以凶猛之勢打落，砸上柏油路面，反彈出似霧的飛沫。還雞婆地打在春希熱辣辣的右臉上，為她消去紅腫的熱度。

春希被雨淋成了落湯雞。

為了今天特地梳理的髮型，早已散成難看的模樣緊貼在背。為了給隼人驚喜才特意挑選的服裝也因為吸飽雨水，像灌了鉛一般沉重。費盡心思的妝容被徹底洗刷殆盡，取而代之的是黑壓壓的陰影。

她應該只是毫無意識地隨便亂走，眼前卻出現了最近常常見到的那棟公寓。

「……啊。」

春希再度抬頭一看，發現公寓規模十分雄偉。這棟家庭式公寓既然可以容納一百個家庭，區區春希一人自然也能輕鬆收留吧——她不禁產生了這種錯覺。

「……我在幹嘛啊？」

她傻眼地笑了笑。居然不知不覺就走到這個地方來，不用想也知道為什麼。

她的心早已發出哀號。

若直接投靠到隼人身邊，他應該會二話不說就接納自己吧。他一定會靜靜守在自己身邊，處處順著自己的心意。

春希的朋友隼人就是這種人。她現在就想立刻衝上樓，卻又無能為力。

「可是他會這麼做，也不是因為我很特別……」

她回想起今天在眼前被拯救的那個人——一輝。

過去還住在月野瀨時，春希因為被排擠的孤獨而封閉了內心。當時隼人硬是拉著她的手將她帶出來，為她改變了整個世界。今天這件事，彷彿就是當時的翻版。

這的確很像隼人會做的事，春希的胸口卻被壓得難以喘息。

她下意識握緊手機。

看到螢幕顯示出隼人的帳號，腦海中忽然閃過隼人的臉龐。被春希發現母親住院後，尷尬地別開目光的那張臉。於是春希的手指停下動作。

對春希來說，隼人這個朋友是特別的。

所以才不能依賴他。春希也知道最近老是勞煩隼人照顧自己。小時候他們就是並肩而立的對等立場，所以她想繼續抬頭挺胸地站在這位重要的朋友身邊。

現在若選擇依賴隼人，心中的天秤應該會往既定方向逐步歪斜，所以她才不想依賴隼人。更重要的是，自己也已經決定要好好加油了。

春希輕輕將手裡的手機螢幕點回主畫面，便拔腿向前狂奔。這次她集中精神，決定遠遠逃開自己和隼人的家。

這是春希的堅持。

她知道這麼做毫無意義，卻無法停下奔跑的步伐。

「……我在幹嘛啊？」

不久後，她來到超市附近的公園。

天色剛暗時的驟雨也停歇了，點點星辰在夜幕閃爍著惱人的光芒。坐上長椅的春希自言自語道。

思緒已經完全冷靜了。回想起自己剛才的慘樣，她發出傻眼的笑聲。

「汪！汪汪、汪嗚！」

「真是的～～廉人～～！你要去哪裡啦～～要回家了～～！」

「唔！」

她忽然聽見狗叫聲和一道熟悉的嗓音。

「公園裡有什麼東西嗎……咦？二階堂同學……？」

「……三岳同學？」

回頭一看，只見三岳未萌牽著前幾天那隻大型犬（蘇格蘭牧羊犬），卻像被狗拉著跑似的。她穿著寬鬆的黑色上衣和緊身牛仔褲，十分隨興，感覺只是要在附近晃晃。

她另一隻手上提著的環保袋中，能看見醬油和味霖的瓶口。看起來不像女高中生，而是散發家常氣息的主婦。

一看就知道她是出來遛狗順便買東西，現在買完東西準備回家。

「啊，那個，廉人的飼主年紀很大了，大型犬又必須經常散步才行，所以我偶爾會像這樣、呃……」

「啊、啊哈哈，原來如此。」

「是、是啊！」

三岳未萌說得結結巴巴，但看到春希的模樣，臉色頓時沉了下來。

一個渾身溼透的人孤伶伶地站在夜晚的公園中，任誰看了都會覺得不尋常吧。春希也明白這個道理，換作是別人，應該也會有些在意。

（對了，這個公園……）

「呃……」

春希放眼望向四周，想起之前遇到大型犬那件事。這一帶應該是她的生活圈吧。

春希面有難色，拚命思考該如何解釋。

三岳未萌目不轉睛地盯著春希，隨後彷彿想到了什麼，忽然在胸前握緊拳頭，像是想為自己打氣。

「我、我家就在附近！那個，妳這樣會感冒的！」

「啊，不，可是，會給妳添——」

結果三岳未萌將環保袋放在地上，硬是拉住春希的手。

她的身型嬌小，力道也如外表一般輕弱。雖然這突如其來的拉扯讓春希順勢起身，她還是不想麻煩三岳未萌。說穿了，春希也明白這是自作自受，要是接受她的幫助，未免也太沒道理了。

「『朋友』都變成這樣了，怎麼可能丟著不管啊！」

「…………咦？」

此刻的春希想必是一臉蠢樣吧，三岳未萌也面露驚訝。看來她也沒想到自己會說出這句話。

三岳未萌立刻變得滿臉通紅，卻還是努力斟酌言詞，拚命開口解釋：

「那個，呃，園藝！是『園藝之友』！所以，那個，呃，唔唔唔～～……！」

春希不明白三岳未萌為何要幫她到這種地步，但看到她用嬌小身軀努力表達自己的迫切，春希忍不住輕笑出聲，心情也稍稍放鬆了些。

「謝謝妳，三岳同學。但我家也在附近，別擔心。」

「唔！」

說完，春希就掙脫她的手轉過身去，揮了揮方才還被緊緊抓住的手。這時她的背後感受到一陣小小的衝擊。

「不行！」

「……咦？」

三岳未萌不顧自己也會被沾濕，緊緊抱住渾身溼透的春希。

她是這麼拚命，春希卻始終不明白她為何甘願至此。

兩人的感情算不上特別好，頂多如她剛才所說，只是在園藝方面有點交集而已。因此春希帶著困惑的神情和嗓音問道：

「……為什麼？」

「因為二階堂同學現在的眼神，跟霧島同學一模一樣。那個，雖然不知道妳是怎麼了，可是，就是不行……！」

「…………………咦？」

三岳未萌卻說出了意料之外的一句話。

跟隼人一模一樣——聽到這句話，春希真的嚇得動彈不得。

「我在幹嘛啊……」

春希再度發出傻眼的笑聲。

春希敵不過三岳未萌強勢的態度，被帶到她家去了。

被硬推進浴室後，春希將半張臉沉在浴缸的水面下，咕嚕咕嚕地吐出泡泡。更衣室還傳來烘衣機運轉的轟轟聲。

她皺起眉頭，轉念心想：

（她家還真大。但這種氣氛，該怎麼形容……）

三岳未萌家離剛才的公園很近。

雖然是有點老舊的日式住宅，規模卻不小，看來經濟狀況還不錯吧。

從門口到浴室這段走廊看來被打理得相當整潔，彷彿隨時都可以招待外人似的，讓人感受到和三岳未萌的個性同樣溫柔的暖意，卻又隱約透露出一絲淒涼。

不知怎地，春希實在無法置身事外。她整個人沉到浴缸裡，眉間的皺紋更深了。這時，她回想起三岳未萌說的那句話。

（我的眼神跟隼人一模一樣嗎……）

總覺得心裡有些掛懷，卻又不明白那是什麼。她甚至覺得三岳未萌這種熱心又不由分說的[illegible]隼人如出一轍。

春希「噗哈」一聲，讓快要泡昏的頭浮出水面，並帶著這股未解的疑惑走出浴室。

「謝謝妳的衣服。」

春希現在穿的上衣和短褲，是三岳未萌的學校運動服。

她的身材比春希小了一圈，衣服穿起來有些緊繃，但還是不成問題。只是胸部附近還有不少空間，讓春希露出嚴肅的表情。

「那個，我沒有可愛的便服……」

「啊、啊哈哈，我在家也都穿這樣啦。」

「是、是嗎？」

不知為何，三岳未萌僵硬又緊張地坐在客廳沙發上，還正襟危坐。春希不知該作何反應，臉頰尷尬地抽動了幾下。

春希說了聲「不好意思」就在三岳未萌身邊坐下，讓她嚇得雙肩一震。春希心想「這樣根本看不出誰才是客人啊」，便忍俊不禁地苦笑起來。

「……」

「……」

現場氣氛難以言喻。

春希往身旁瞄了一眼，三岳未萌還是渾身僵硬，緊張地發出「嗚嗚嗚」的低吟。只要對上視線，她就會立刻別開目光低下頭去。

（啊、啊哈哈……衣服還要過一會兒才會乾吧。）

春希嘆了一口氣，不知所措地張望四周。

用了很久的櫥櫃、遍布刻痕的矮桌、充滿年代感的電視櫃——室內家具大多有些老舊，卻又能感受到其中的溫度，看得出過去被好好使用過的痕跡。

所以，雖然這些家具確實能表現出主人的性格和心意，但另一方面，獨自待在此處的三岳未萌看起來果然非常突兀。

（咦？這麼說來……）

除了三岳未萌，春希沒看到其他人，也完全感受不到他人的氣息。

醬油和味霖的瓶子從放在腳邊的環保袋中探出頭來，更加深了這種異常感。很明顯，三岳未萌有些難言之隱。

春希的想法似乎不小心寫在臉上了，跟三岳未萌四目相交後，她也面有難色地將拳握緊放在膝蓋上。三岳未萌猶豫了一會兒，才有些難以啟齒地道出了那個祕密。

「我啊，一個人住在這裡。」

「………………啊。」

春希不禁睜大雙眼。這可不是能輕易與人說的祕密。

她有種強烈的既視感，彷彿忽然有好多複雜的情緒直落心底。

「已經很長一段時間了，跟我住在一起的爺爺住院後，我覺得好寂寞……所以我是為了自己的私心，才把二階堂同學帶回家……對不起……」

「妳不必道歉啊！可是，這樣啊……原來如此……」

覺得很寂寞，只想找個人跟自己做伴——老實說出心裡話的她，就像做錯事道歉的小孩子一樣，不知怎地讓春希有點想笑。

而且會特地將這些事據實以告的三岳未萌，真的是個無比誠實——誠實到這種地步，應該算是徹徹底底的「好女孩」了。

所以看到她雖然藏不住寂寞，卻又努力等著某人回家的堅強身影，春希的身體自然而然地動了起來。

「一個人的感覺很討厭吧。」

「二、二階堂同學？」

「我也是，家裡只有我一個人而已，感覺真的很寂寞……」

「二階堂……同學……」

春希順著心中油然而生的衝動，萬般憐愛地將她緊擁入懷。不顧三岳未萌的驚訝反應，春希就是想這麼做。

（啊，這樣啊……原來如此……）

然後她才解開了內心的許多疑惑。

獨處的時候，勢必會被空虛感逐步侵蝕。為了克服這股空虛——啊啊，隼人一定也有過同樣的心情吧，所以這位兒時玩伴才會過度保護又愛管閒事。

正因如此，春希才有了這個想法。堅決的心意，填補了她心中的那段空白。

「欸，三岳同學，我可以再來妳家嗎？下次我想在白天來訪。」

「啊……嗯，當然可以！」

「還有，朋友。」

「咦？」

「我不想當妳的園藝之友，而是普通的朋友。『我想改變自己』……不行嗎？」

「別、別這麼說！那個，以後請兜兜幾教！啊唔唔唔……」

「啊哈！」

春希和三岳末萌看著彼此，有些笨拙地輕笑出聲。

原先瀰漫於此，各種問題衍生出的陰暗情緒，全被笑容一掃而空。這肯定原本就是不難解決的問題。

只是因為在不知不覺中，春希太過意氣用事才看不見而已。所以春希才對過去的那個約定發誓，決定要好好努力。

——～～～♪

「「！」」

這時，春希的手機忽然響了。是隼人打來的。

為什麼？他為什麼要打給我？種種疑惑早一步湧現心頭。因為兩人平常都會碰面，隼人幾乎不曾打給春希，頂多只會傳訊息而已。

三岳末萌被鈴聲嚇了一跳，急忙與她拉開距離，隨後又點點頭，要她別顧慮自己趕緊接電話。於是春希帶著苦笑往螢幕一按。

『——妳沒事吧？』

「……咦？」

『啊～～那個，白天在電影院，呃……沒事就好。』

他的聲音流露出一絲擔憂。春希太過意外，不小心發出了怪聲。

但只要稍微想想今天發生的事，就能理解他的心情。

受不了，真像隼人會做的事。聽著他的聲音，春希立刻就找回以往的從容，心情愉悅地勾起嘴角。

但春希心中浮現出不同於以往的思緒。她瞄了三岳未萌一眼。

「啊哈哈，你幹嘛啦。是不是太寂寞了，想聽聽我的聲音啊？」

『啥！閉嘴，才沒有咧！不過，嗯，妳沒事就好。』

「我覺得很寂寞耶。」

『…………春、希？』

「我回家之後，發現媽媽在家裡，她一看到我就賞了我一巴掌。很好笑吧，明明隔了半年才見面……聽到她說『早知道就不該生下妳』之後，我就忍不住奪門而出了。」

『…………』

她輕描淡寫地將回家後發生的事說了出來。

這是春希本身的問題，不是能隨隨便便跟「外人」提起的私事，畢竟別人聽了也會覺得很困擾吧。現場的氣氛變得十分尷尬。

但春希還是想說給他們兩個聽。

「我是田倉真央的私生女。」

『！』

「唔咦咦！」

春希聽到電話另一頭傳來倒抽一口氣的聲音，眼前的三岳未萌也嚇得手足無措。

「我也沒聽說過爸爸是什麼樣的人，反正我的存在就是個大麻煩吧。沒有人樂見的存在……想到這件事，我就覺得好寂寞。」

『這樣的話！我們不是說好了嗎？妳現在在哪，我馬上過去！』

「不行。」

『春希！』

「隼人，其實我剛剛真的走到你家門口了。因為我知道，只要踏進那個家門，你一定會二話不說就收留我，陪在我身邊。但我好像誤會了，因為你可能不是只對我這麼溫柔。」

『春、希……妳在說什麼……？』

隼人的語氣變得有些激動，相對地，春希的嗓音冷靜通透。

看到三岳未萌被他們的對話嚇得六神無主，春希甚至笑出聲。

「因為，隼人你也同樣寂寞啊。」

『——————！』

「我之前不是說過嗎？隼人在我心中是特別的存在。所以我不想總是依靠你，這樣會養成依賴性。我也想成為隼人的依靠，而且這只是我的私人問題。」

在這段空白的時間中，很多事都不一樣了。

他們的身高出現落差，春希看著隼人時甚至得抬起頭。

隼人的嗓音不再是記憶中那樣，變得低沉許多，跟自己截然不同。

而且雙方都有著各自的家庭問題。

「我覺得，我們真的不能再跟以前一樣了。」

『妳怎麼……！』

過去的他們沒什麼差別，總是膩在一起，但現在他們不能再立於對等的立場。

過去早已過去，現實已經徹底改變了。

可是，儘管如此……

正因為現實已經改變，有些事才能夠不變。

當初的離別讓她無能為力，現在卻不一樣了。

春希想像過去那樣，用無數回憶層層疊加，將此刻仍有些脆弱的友誼培養得更加堅韌。

所以春希高聲喊出了自己的期望：

「我想變得更強，才能變成隼人心中真正特別的存在。」

這種感覺真不可思議。春希也知道自己說了很大膽的話。

心臟如警鈴作響般瘋狂跳動，胸口卻微微透出一股暖流。

「開、開玩笑的啦！那明天學校見嘍！」

『唔！啊、喂！春——』

為了掩飾遲來的羞澀感，春希語速飛快地說完後便掛上電話。感受到三岳未萌盯著自己的慌亂視線後，春希的臉和耳際都染上一片羞紅。

冷靜想想，才發現這話相當沉重，連對隼人開口都需要十足的勇氣。

在非自願的狀況下被迫聽到這席話，三岳未萌會作何感想呢？

春希的心跳因為另一種原因而加速，神情透露出一絲懊悔，懷疑是不是太早告訴她了。

結果三岳未萌瞪大雙眼，氣勢洶洶地抓起春希的手。

「我、我絕對不會、對任何人說出二階堂同學的祕密！」

「哇！三、三岳同學！」

「我自己也有難言之隱，就是爺爺，所以，呃，那個……因為我也是妳的朋友啊！」

「…………啊。」

她說這沒什麼，自己也有類似的經歷，所以不會放在心上。更重要的是，她還說自己是春希的朋友。雖然說話有些結巴，這個嬌小的少女依然用盡全力想表達自己的心情。

這就是春希被她深深吸引的地方。

因此春希回握她的手，同樣坦承內心的脆弱。

「那個，我這個人真的很難搞，而且還超級沒用。」

「二階堂同學……？」

「所以，我希望妳能助我一臂之力，讓我變得更強，好嗎？」

「妳、妳不嫌棄的話！」

春希笑了起來。雖然面有難色，她還是努力揚起一抹僵硬的笑容。

「那妳能不能先聽我抱怨幾句呢？我想說說那個重要又特別，還常常被我耍得團團轉的兒時玩伴……可以嗎，『未萌』？」

未萌也笑了。她眨眨眼，細細品味春希喊出的這個稱呼，然後笑容滿面地說：

「好啊，『春希』！」

窗外那片城市的夜空，星星的數量不像鄉下那麼多，月亮也隱去了身影。

儘管如此，星月的光芒依舊光輝閃耀。

第11話 你只能在我面前表現出以前的樣子啦，討厭！

「莫名其妙……」

隼人這聲低語，從陽台緩緩融入了深夜的街景之中。

他現在的心境，就跟眼下這片雜亂無章的建築一樣紛亂。

夜色已經深了，幹線道路那裡仍不時傳來卡車行駛聲。

他抬頭仰望城市的夜空，覺得閃爍的星辰比以往多了一些，或許是被大雨洗刷過的緣故。儘管如此，還是遠比月野瀨少。這裡不像鄉下，地上的萬家燈火比天上的星還要明亮許多，好多星星都被隱去了光芒。

「田倉真央的私生女啊……」

他對春希的話耿耿於懷，遲遲無法入睡，時間早就超過凌晨十二點了。

隼人想起前陣子碰見田倉真央攝影現場的事。

春希臉色變得蒼白，雙眼瞪得老大，下意識地逃離現場，動作又急又慌。

再加上這次父不詳的事實，以及母親埋怨不該生下春希的怨言。

但說出這些實情時，春希的嗓音無比真摯且通透，感覺相當灑脫。隼人莫名有種被她拋在後頭的心情。

狂亂無序的心跳甚至讓他隱隱作痛。焦慮、煩躁、緊迫——與此截然不同，卻又難以用言語形容的情感，燒灼著他的胸口。

他現在真的很想馬上奔向春希的家，卻又無能為力。到了那裡之後，他也說不出挽留春希的話語。

而且隼人還聽到春希身後傳來女孩的驚呼聲，所以更不知如何是好了。

「啊啊，可惡！」

因此隼人拚命思考自己該說些什麼。

看來今晚別指望能睡著了。

隔天早上，他拖著沉重的步伐前往學校。

結果他只能在床上翻來覆去，根本沒睡好。他的臉色似乎很糟，還被姬子批評「不要一大早就讓我看到這種落魄潦倒的表情」。

越接近學校，隼人就下意識四處張望，觀察是否有春希的蹤跡。

但他又皺緊眉頭，不知見到面之後該說些什麼。

「…………唉～～」

隼人懷著這股鬱悶難解的心情嘆了口氣，用力搔搔頭髮走過校門口，準備前往園藝社位於校舍後方的花圃。

一方面擔心田埂是否被昨晚的雨勢損傷，也想起春希之前會在那裡照料蔬菜。那個地方也鮮少有人造訪。

春希果然就在那裡，未萌也在她身邊。隼人不禁眉頭緊蹙。

「雨已經停了，除草工作也變得很順利耶，未萌。」

「是呀。但田埂也被雨水沖垮了，得重新整理才行。」

「啊，根部確實變得有點脆弱。像這樣把土堆上去就行了嗎？」

「春、春希！直接用手去抓會受傷啦，拜託用移植鏟好嗎？」

「啊哈哈，太麻煩了吧。對了，這片花圃怎麼只有蔬菜，不種點香草類嗎？像是薄荷或迷迭香，料理不是也常常用到嗎？」

「……算了吧，那些要用花盆來種。而且香草基本上跟雜草差不多，還會過度繁殖，甚至有『薄荷草災』這種形容。迷迭香則是木本植物。」

「啊，霧島同學！早安！」

「啊，隼人！是喔，原來如此。」

隼人用吐槽的方式打斷了她們的對話，語氣應該跟平常差不多，春希的態度也跟以往沒什麼不同。

但她跟未萌的距離感覺緊密無間，讓隼人心裡亂紛紛的，開口糾正的聲音聽起來也像在鬧彆扭。

「感覺妳跟三岳同學的感情變得很好嘛。」

「嗯～～該怎麼說呢，發生了一些事啦。昨天晚上我們偶然碰到面，還麻煩了她一個晚上呢。」

「…………是喔。」

「是呀！啊，霧島同學，你跟春希是兒時玩伴對吧！」

「唔！啊啊，是沒錯啦……」

而且似乎還聊了不少。

看來春希昨晚和她在一起。得知這件事後，隼人雖然放心不少，同時也感到動搖。

（這是怎樣……）

眼前這兩名少女一邊閒聊一邊照料蔬菜，氣氛和樂融融。隼人也加入了話題，卻莫名有種疏離感。

「總之先把雜草丟一丟，早上的工作就告一段落吧。春希，妳得去洗把臉，手也要洗乾淨。」

「也好。嗚嗯，泥土跑到指甲縫了啦。」

「因為妳直接用手挖啊，白痴。喏，袋子給我，我拿去丟，妳去洗手吧。」

「啊、嗯。拜託你了。」

隼人有些強硬地搶過垃圾袋，便走向垃圾集中處。總覺得不太自在，因此他自然加快了腳步。

「哎喲！」

彎過校舍轉角時，忽然有個女學生從前面奮力跑來。

跟她擦身而過後，隼人正疑惑她怎麼會從這種地方出現，但看到慢了幾拍才從後方走過來的人影後，隼人才恍然大悟。原來是一輝。仔細一看，女學生的背影也有點眼熟。

看來隼人前陣子在這裡撞見的場面又重演了。

一輝發現隼人後，面有難色地聳聳肩。

「……萬人迷還真辛苦耶。」

「是啊。我已經受夠這些男女糾葛了。」

隼人疑惑地嘆了一口大氣代替回答。

午休時間。

平常隼人會在這時前往祕密基地，今天卻有點提不起勁。

他往旁邊瞄了一眼，跟春希四目相交後，春希回了他一個笑容。就跟平常一樣，彷彿昨晚沒發生任何事。

隼人眉頭深鎖，不知該如何回應，只能搔搔頭。

「隼人在嗎？」

「……一輝。」

「哼！」

正當隼人茫然無措之際，一輝剛好來找他。最近這一幕已經見怪不怪了，而春希臉上透出不滿的神色。

看到一輝後，森一臉慌張地衝上前去，丟下了一顆震撼彈。
「喂，海童，你今天早上拒絕了那個高倉學姊的告白喔！」
「喂，不會吧！你說的高倉學姊，是那個戲劇社二年級的超正學姊嗎！」
「去年在選美大賽中，破天荒囊括三部門冠軍的那個學姊？」
「咦？真的嗎！海童同學，你幹嘛拒絕啊！」
「難道你對女生沒興趣嗎！不會吧！」
「啊～～呃，我……」
教室裡頓時像捅了蜂窩一樣亂成一團，男生女生都圍在一輝身邊逼問真相。
事發突然，隼人轉頭看向春希，春希也用驚訝的眼神回應：「告、告白？他拒絕……高倉學姊？」隼人只聽說過那個學姊很正，看樣子還是個赫赫有名的人物。
他拉回視線，和被眾人團團包圍、面有難色的一輝四目相交。沒想到一輝竟回他一個淘氣的壞笑，感覺像在動什麼歪腦筋。
「同學們，等一下，冷靜一點！我的確拒絕了高倉學姊，但我這麼做是有原因的！」
一輝扯開嗓門大聲說道，同時推開人群走向春希。
全班的視線都集中在兩人身上。春希似乎沒想到會發生這種事，舉止可疑地四處張望。

結果一輝露出無比認真、前所未見的帥氣笑容，說出了離譜至極的話。

「二階堂同學，當我女朋友吧。」

「咪呀～～～～～～！！？！？！？」

一輝才剛說完，春希就發出刺耳的尖叫聲，同時賞了他一巴掌。現場傳來清脆的「啪」一聲，教室內轉眼間變得鴉雀無聲。

隼人的意識也被頓時抽離，腦中一片空白。沒想到還有這一招。

「我、我昨天就說過了，呃，我根本不喜歡你啊！」

「哈哈，嗯，我有聽見，也記得很清楚。我又被甩了啊。」

春希和一輝的對話成了導火線，讓整間教室掀起了無與倫比的大騷動。

「咦？不會吧，現在是什麼狀況！」

「她說『昨天』耶，難道海童告白了好幾次嗎！」

「海童同學真的在追二階堂同學喔！」

想當然耳，除了一輝之外，春希身邊也聚集了一大堆人。她不知該作何反應，倉皇失措地連問了好幾次：「什麼？什麼？」

不知為何，春希被一輝告白了，彷彿證實了那個謠言。

隼人的心臟狂跳到有些發疼，他根本無法理解眼前的狀況，不對，是不想理解。他看向一輝，發現他露出壞孩子詭計得逞的那種表情。兩人對上視線後，一輝還故作淘氣地眨起一隻眼睛。

二階堂春希是個清純可愛的美少女。

就算對方不是一輝，她也會像現在這樣，被其他男孩子告白吧。

她已經跟過去大不相同了，隼人自認為明白這一點，卻也不得不承認，情況總不可能一成不變。

隼人忽然回想起在月野瀨強忍淚水和春希道別的那一刻。

看到春希投來求救的眼神後，隼人的身體自然就動了起來。

「春希，過來！」

「隼、隼人～～！」

隼人絲毫不顧春希的驚訝，硬是拉起她的手衝出教室。

不知怎地，他就是不想將春希交給任何人。

隼人渾身躁熱不已。

（……可惡！）

此刻牽著的這名「少女」，再也不是過去的春希（少年）了。

隼人領悟這個道理後，還是牽起她的手。

為了確認牽著的那隻手，隼人加重力道，發現那隻手小到可以被自己的掌心完全包覆，觸感還十分柔軟。

這一瞬間，隼人徹底意識到自己對春希的認知已經完全不同了。

◇◇◇

此刻還是午休時間，春希卻被隼人拉著跑到校外。

意想不到的突發狀況接二連三，讓春希的思緒混亂至極。

她不知道情況怎麼會演變至此，甚至覺得有點離譜。在住宅區穿梭的同時，她對眼前的背影問道：

「你到底要去哪裡啦～～！」

「站前的電子遊樂場！我還沒去過！」

「電子遊樂場！為什麼啊？而且我的錢包還在教室裡耶！」

「我也沒帶啦！」

「那你去那邊幹嘛！」

「參觀。我忽然想見識一下那是什麼地方！」

「什麼跟什麼啦！」

有講跟沒講一樣。

教室裡現在應該亂成一團了吧。

隼人老是這麼唐突。

但不知為何，春希卻有種懷念的感覺。

「用跑的過去，應該可以在午休時間趕回學校吧。跑快點啊——『搭檔』！」

「————啊。」

搭檔。

好久沒聽隼人這樣喊自己了，春希忽然想起以前還住在月野瀨的時候。

她記得當時自己也覺得很孤獨。

老是被疏遠。

不管是母親還是周遭的人，都在疏遠她。

根本無處可去。

這個世界對父不詳的私生子充滿惡意。

連月野瀨的外祖父母也不例外。

自己一定是誰也不樂見的存在。春希總是鑽牛角尖，封閉在自己的世界中。

『從今天開始，春希就是我的搭檔！』

說出這句話，就硬是把抱著腿的春希帶往其他世界（外面）的人是誰呢？

過去要低著頭追趕的那個矮小背影，如今在眼前變得又大又寬。牽著自己的手很粗獷，拉力比小時候強健得多。

當時春希也很好奇，這個人拉起自己的手時，臉上到底是什麼表情呢？

他們在紅燈前停下腳步。

春希繞到前面觀察隼人的臉，他卻硬是轉向一旁。但他那張羞澀通紅的笑容，跟以前一模一樣。

春希覺得有點好笑，不禁笑得肩頭打顫，結果隼人忽然將某個東西硬塞到她空著的那隻手。

她疑惑地看了看掌心，發現是最近在某個地方看過的貓咪鑰匙圈，上面還掛著鑰匙。春希還沒釐清現況，視線在手上的鑰匙和隼人的臉之間來回游移。

「那個是，我家的……啊～那個，備用鑰匙。」

「咦……啊、嗯……？」

「該怎麼說，妳就拿去用吧。可以的話，下次要是又發生昨晚那種事，我希望妳直接過來。半夜也好，清晨也罷，妳就隨時過來，不要客氣。」

「隼……哇噗！」

隼人重新轉向春希，不由分說地將她的頭髮亂揉一通，似乎想掩飾自己的害羞之情。

「哎、哎喲，你幹嘛——」

「那個，不只是妳這麼想，我也想成為妳的後盾。」

「——隼、人……？」

「我也要變得更強，好讓妳可以無所顧忌地依賴我。」

「…………啊。」

沒什麼，我也跟妳有同樣的心情。

隼人的笑容中隱藏了這股意念。他的眼中帶著春希從未見過的色彩，讓春希心跳莫名加速。

「綠燈了，跑起來！」

「真是的～～！」

於是他們再度向前跑去。

想說的話多不勝數。

「這不是隼人平常在用的那把鑰匙嗎？」「電子遊樂場哪是可以在午休時間特地偷溜出去參觀的地方啊！」「你從以前就這麼霸道。」

有些事確實改變了，期望自己也能有所改變，但有些事卻一直都沒有變。

從今往後，自己還是會被隼人牽著到處跑吧。

現在光是想到回教室後該怎麼辦，就讓她頭痛。

所以看著隼人硬拉著自己的背影，春希想在心裡大聲喊出這句話。

——你只能在我面前表現出以前的樣子啦，討厭！

尾聲

那天傍晚，隼人和春希回家的時間比平常晚了些。

「啊啊～已經到了啊。」

「……好了，快開門吧，我已經沒有手了。」

心情相當愉悅的春希「啊哈哈」地笑了幾聲，就用中午隼人給她的備用鑰匙打開玄關大門。

另一方面，隼人則一臉苦澀，還滿臉通紅。

原因就出在他用雙手抱著的巨大三花貓玩偶，大小跟抱枕差不多，整個身體軟趴趴的。雖然充滿了可愛的魅力，但要男高中生抱著它在街上到處走，難度還是太高了。

中午他們去電子遊樂場參觀過後，心情亢奮不已，放學又繞去玩了一輪才贏得這個獎品。順帶一提，他們總共花了1600圓，算是一大筆錢，因此隼人緊皺的眉間充滿了各種複雜思緒。

「啊哈哈，這是隼人贏來的獎品，當然得由主人抱回來啊！」

「可惡，有種贏了比賽輸了面子的感覺……」

「……哥，你怎麼抱著那種東西？」

「姬、姬子！」

「啊，小姬。」

春希用鑰匙開門後，身後就傳來正好也剛到家的姬子的聲音。

隼人也知道自己這副模樣很不可思議，所以在腦海拚命找藉口，姬子卻比他更快一步，帶著不懷好意的賊笑拍下這一幕。

「啊哈哈！我要給沙紀看～對了，還要把昨天在KTV吃的蜜糖吐司傳給她看～～」

「啊、等等，姬子，不准傳給她！」

「哎喲，她馬上就打來──」

『這、這這這這這是怎麼回事～～！沒想到哥哥羞恥的可愛模樣跟貓貓這麼契合，還有KTV那張是怎樣～～！哥哥居然有打扮過，還跟一個大帥哥勾勾勾勾肩搭背，春希也穿得好心機──』

「哇哇，沙紀！呃，其實是──」

立刻接到沙紀回撥的電話後，姬子就急忙走回自己的房間。

看著她吵吵鬧鬧的背影走遠，隼人和春希面帶苦笑走過玄關。

「太好了，隼人，她說意外地適合你耶。」

「我一點也不高興，真是……」

被春希如此調侃，讓隼人不知該作何反應，於是嘆了一口氣。總覺得今天一直被別人耍著玩。

（連春希也這樣，還有一輝……）

他想起下午回到學校後的事。

午休時他明明急匆匆地抓著春希的手往外跑，卻沒幾個人對他感興趣，這也是因為教室裡的人都在談論春希和一輝的話題。但話題的中心人物春希就沒這麼幸運了。

在那之後，隼人逮住罪魁禍首一輝上前逼問，但笑嘻嘻的他開口第一句話居然是：「啊，剛剛那個告白不是真心的，放心吧。」隼人便反射性地推他一把，也是無可厚非。

但一輝隨後又用開玩笑的語氣說：「不過這樣一來，就沒人敢靠近我跟二階堂同學了吧？」隼人也無話可說了。

最近春希變了很多，經常以本性示人，感覺更容易親近了，往後她被告白的機率可能也會越來越高。這麼一想，就覺得一輝剛才那一手反而成了最好的牽制。

不過……隼人轉念一想，並重新看了春希的模樣。

她在玄關就連同學生鞋一起把長筒襪脫掉了，平常藏在襪子下的修長腳背毫無防備地暴露在外。她只會在隼人面前表現得如此自在。一如往常的臉色讓人有點怨恨。

隼人嚥了口口水，知道自己的臉頰變熱了幾分，於是趕緊別開目光。

「嗯？怎麼了，隼人？哈哈～你還在害羞啊？」

「唔！哪有！」

春希似乎發現了隼人的異狀，便直盯著他的臉。明明是平常那種帶點調侃的淘氣神情，卻讓隼人的心跳莫名加速。該說是不幸中的大幸嗎？春希以為他是抱著玩偶才覺得害羞。

為了掩飾狂亂的心跳聲，他直接將玩偶推給春希，嗓音中還透出難以釋懷的懊悔。

「嗯，拿去！」

「……呃～？」

「這是，禮物。我留著也沒用。」

「禮物……？」

「……春希？」

春希露出了難以形容的表情。

既像困惑，又像迷途的孩子，但絕對稱不上嫌棄的表情。看來她也分不清自己現在是什麼心情，隼人也疑惑地歪著頭。

不知春希是如何解讀隼人的反應，只見她慌張地揮舞雙手，想表達自己沒有那個意思，還吞吞吐吐地說：

「那個，我真的不太清楚……你想想，我媽是那副德性，過去也從來沒有人送過我禮物，我才不知道該怎麼辦……」

聽到這越說越小聲的低語，隼人的心頓時被揪緊。隨後隼人硬是拉起春希的手，逼她抱住玩偶。

「真不好意思，妳的第一個禮物是我送的，放棄掙扎乖乖收下吧。」

「…………啊。」

「與其留在我這種男生身邊，這傢伙可能更喜歡待在妳旁——」

「……好！我知道了，這樣應該是開心吧！」

「——春希？」

春希驚訝地眨眨眼後，眼中漸漸湧現出理解與喜悅之色，隨後綻放出滿面笑容。她傻笑幾聲，將玩偶緊擁入懷。

「我會好好珍惜它的，謝謝你，隼人！」

「！」

這張笑靨實在太過美麗。

所以隼人有生以來頭一次覺得春希好可愛。

「……是嗎？」

這次心臟又因為其他因素開始狂跳。隼人無奈地搔搔頭，想要掩飾過去。

看來自己衷心希望這個兒時玩伴可以笑口常開。

這個念頭大概從小時候就存在了吧。

從玄關灑下的夕陽，將兩人的笑容染紅了。

後記

我是雲雀湯！正確來說，是某個城市的大眾澡堂「雲雀湯」的店貓！
又能在後記中跟大家見面了！喵～～！

所以，故事來到了第二集。
這次的主要劇情，是在描述隼人和春希結交了同性的好朋友。
小時候可以不管性別玩在一塊，但藉由上學這個機會第一次組成男生或女生的小團體，才終於意識到對方是異性——感覺他們正漸漸跨越這種體會，以及那段空白的時光。
而且他們也在前兩集意識到各種對比差異。
各位覺得如何呢？

此外，這次將網路版的內容進行了大幅度的加筆修正，但還是有將想表達的宗旨照實保留下來。

我跟K責編討論了無數次，拜此所賜，作者我覺得未萌和一輝的存在感與主角魅力都提高了不少。

好啦，來閒聊幾句吧。

我在第一集的後記中寫到：在粉絲信裡只寫一句「喵～」也沒關係。

令人感激的是，或許是各位覺得：「真的可以用這麼簡單一句話寫粉絲信嗎？」我才能收穫這麼多的喵喵鼓勵！喵～～！

身為一名作者，能讓讀者感受到這麼無足輕重的一句話，真的非常開心！

而且我收到的不是只有喵喵鼓勵，甚至還有粉酒！

所謂的粉酒，就是粉絲贈送的酒。我也是第一次聽到這種說法！

收到責編來信告知後，我還心想：「咦？什麼意思？」腦袋有點打結了。哎呀，但我真的是非常開心啦（笑）。

閒聊就到此為止。劇情也開始要慢慢進入正軌了。

隼人和春希的認知產生變化後，往後還會發生不少插曲吧。我也想寫寫兩人身邊的眾人出現了什麼改變。

此外，我想盡可能讓姬子的月野瀨好友——沙紀加入故事當中。請各位一定要繼續關注他們今後的發展。

最後我想謝謝陪我商量和提出建議的K責編。負責插畫的シソ老師，謝謝您提供了這麼精美的插畫。我也要對支持我的所有人，以及讀到這裡的每位讀者獻上由衷的感激。希望往後也能繼續得到你們的支持。

還有，為了能再次與各位見面，也希望大家多寄粉絲信給我！

粉絲信跟上次一樣，只寫一句「喵～～」沒關係喔！

喵～～！

令和3年　6月　雲雀湯

©Yuu Hidaka,Tantan 2021 / KADOKAWA CORPORATION

【好消息】我的不起眼未婚妻在家有夠可愛。1 待續

Kadokawa Fantastic Novels

作者：氷高悠　插畫：たん旦

樸素的同班同學成了我的未婚妻？
她在家裡真正的面貌只有我知道。

佐方遊一就讀高二，只對二次元有興趣。某天，不起眼的同班同學綿苗結花成了他的未婚妻？兩人開始一起生活，沒想到他們有一樣的興趣，一拍即合。「一起洗澡吧？」「我可是有心理準備要一起睡喔。」而且結花漸漸大膽到在學校無法想像的地步？

NTNT200/HK$67

ma, Siso 2021 / KADOKAWA CORPORATION

一房兩廳三人行 1～4（完）

Kadokawa Fantastic Novels

作者：福山陽士　插畫：シソ

「暑假結束前，可以待在你身邊嗎？」
人氣沸騰的居家喜劇在此完結。

27歲上班族與兩名女高中生共度一個夏天的故事迎來高潮。始於未曾料想的契機，三人一同生活至今。各自的夢想、希望、遺憾與淡淡情愫膨脹到一房兩廳已經裝不下，帶來了振翅飛向未來的勇氣。每個人的決定、故事的結尾將會如何？

各 **NT$200~220/HK$67~73**

國家圖書館出版品預行編目資料

轉學後班上的清純可愛美少女，竟是小時候玩在一起的哥兒們 / 雲雀湯作；林孟潔譯. -- 初版. -- 臺北市：臺灣角川股份有限公司，2022.04-
冊；　公分. -- (Kadokawa fantastic novels)
譯自：転校先の清楚可憐な美少女が、昔男子と思って一緒に遊んだ幼馴染だった件
ISBN 978-626-321-353-1(第2冊：平裝)

861.57　　111001909

Kadokawa
Fantastic
Novels

轉學後班上的清純可愛美少女，竟是小時候玩在一起的哥兒們 2

（原著名：転校先の清楚可憐な美少女が、昔男子と思って一緒に遊んだ幼馴染だった件 2）

2022年4月20日 初版第1刷發行

作者：雲雀湯
插畫：シソ
譯者：林孟潔
發行人：岩崎剛人
總編輯：蔡佩芬
編輯：孫千棻
美術設計：李思穎
印務：李明修（主任）、張加恩（主任）、張凱棋

發行所：台灣角川股份有限公司
地址：104台北市中山區松江路223號3樓
電話：（02）2515-3000
傳真：（02）2515-0033
網址：www.kadokawa.com.tw
劃撥帳戶：台灣角川股份有限公司
劃撥帳號：19487412
法律顧問：有澤法律事務所
製版：巨茂科技印刷有限公司
ISBN：978-626-321-353-1

※版權所有，未經許可，不許轉載。
※本書如有破損、裝訂錯誤，請持購買憑證回原購買處或連同憑證寄回出版社更換。

TENKOSAKI NO SEISOKAREN NA BISHOJO GA, MUKASHI DANSHI TO
OMOTTE ISSHO NI ASONDA OSANANAJIMI DATTAKEN Vol.2
©Hibariyu, Siso 2021
First published in Japan in 2021 by KADOKAWA CORPORATION, Tokyo.
Complex Chinese translation rights arranged with KADOKAWA CORPORATION, Tokyo.